# TEXTES VERTS
# ET
# TEXTES DIVERS

## DU MÊME AUTEUR

*Le Roman de Renaud*, préface de Jean Vautrin, Seghers, Paris, 1988.

*Georges Brassens, histoire d'une vie*, avec Marc Robine, préface de Renaud, Fixot, Paris, 1991.

*Nos amis les chanteurs*, Les Belles Lettres, Paris, 1992.

*Nos amis les chanteurs 2, Le Retour*, Les Belles Lettres, Paris, 1994.

*Nos amis les chanteurs 3, La Totale*, Les Belles Lettres, Paris, 1995.

*Cent nouvelles d'elles*, Les Belles Lettres, Paris, 1997.

*La Peine de Mort.*, Éditions du Rocher, Paris, 1999.

*Textes bleus et textes d'hiver,* préfaces de Patrick Besson et Lou Séchan, Lanctôt Éditeur, Montréal, 2000.

*Renaud, bouquin d'enfer*, Éditions du Rocher, Paris, 2002.

*Renaud, sa vie et ses chansons*, Seghers, Paris, 2003.

*Venise en décembre,* Éditions du Rocher, Paris, 2003.

*À la recherche de Richard Brautigan*, préface de Philippe Djian, Le Castor Astral, Paris, 2003.

*La Levantine*, Éditions du Rocher, Paris, 2003.

*Paris-Montréal express*, Éditions du Rocher, Paris, 2004.

*Théâtre (Hôtel Westminster*, suivi de *Le Voyage à Venise)*, Éditions du Rocher, Paris, 2005.

THIERRY SÉCHAN

# TEXTES VERTS
# ET
# TEXTES DIVERS

*Préface de Pascal Sevran*

ÉDITIONS DU
ROCHER

Collection dirigée
par Stéphane Loisy



ISBN 2 268 05642 2

# Préface par Pascal Sevran

J'ai aimé le bleu comme tout le monde. C'est banal, d'aimer le bleu, c'est la première idée des faiseurs de chansonnettes, « le bleu du ciel, de la mer et de tes yeux, mon amour ». Assez ! Je ne peux plus le voir en peinture, le bleu, ni dans le ciel ni dans tes yeux, mon amour. Et d'ailleurs, les yeux de mon amour étaient verts. Avec le rouge baiser des femmes d'avant, je veux du vert, anglais, Empire, tilleul (non, pas tilleul, trop fade), du vert des wagons d'avant et de mes sapins d'ici. Tout, sauf le vert pisseux des écolos, ces zozos.

Si, comme le prétend Thierry Séchan, le vert est la couleur du diable, alors je suis le diable. Thierry Séchan aime le bleu, mais il n'est pas un homme banal. On dira même qu'il est singulier dans sa façon de voir les choses, de les dire et de les écrire. Ces *Textes verts* feront grincer des dents. Ils sont mûrs, pourtant, à point, délectables.

Morterolles, 7 juillet 2005.

« S'il n'était déjà le frère de l'autre, Thierry Séchan pourrait être le mien, mon frère de communion, mon compagnon de voyage et de bibliothèque. Nous aimons les mêmes livres et les mêmes chansons, la neige à Montréal ne lui fait pas peur. C'est un garçon très doux qui me suivrait, j'en suis sûr, dans les boîtes de là-bas où l'on passe des soirées charmantes entre copains du même sexe.

Nous nous fréquentons depuis peu, mais nous nous cherchions depuis longtemps. Nous dégoûtent les mêmes choses et les mêmes gens, ou presque, j'aurais pu signer quelques-unes des pages de son nouveau livre, *Paris-Montréal Express*, où il raconte aussi, de manière plaisante, sa visite à Morterolles.

La nuit dernière, dans la cave du Banana Café, où le patron de ce haut lieu de la gaieté parisienne donnait une fête en l'honneur de la bande des jeunes chanteurs révélés dans mon émission, Thierry était, disons, enjoué. La chaleur et le vacarme ambiants ne facilitaient pas la conversation, je ne comprenais pas ce qu'il voulait me dire, je craignais qu'il ne s'affale sur Jack Lang, ce qu'il fit. Après cet instant de gloire, je l'ai perdu de vue, notre ami Paucard s'est chargé de lui. Il m'appelle à l'instant.

– Je crois que j'étais pompette hier, tu ne m'en veux pas ?

Pompette, ce mot désuet, m'a fait sourire ; il est un peu ridicule aussi, alors que Thierry Séchan ne l'est jamais. »

Paris, 20 octobre.<br>(Extrait de Il pleut, embrasse-moi,<br>Éditions Albin Michel, 2005.)

*À Philippe Djian,*
*parce qu'il le vaut bien.*

« Nul ne peut veiller sur sa solitude
s'il ne sait se rendre odieux. »

E.M. Cioran, *Syllogismes de l'amertume.*

« Quand on s'interdit de critiquer qui que ce soit,
on n'est pas loin d'admirer n'importe qui. »

Grégoire Lacroix, *Les Euphorismes de Grégoire.*

# PRÉSENTATION

« Les ennemis sont venus à nous, ils ont été battus, je suis un peu fatigué, je vous donne le bonsoir. »

Lettre de M. de Turenne après la bataille des Dunes, citée par le prince de Ligne, *Pensées et fragments.*

Au mois de novembre de l'an deux mille, je publiai à Montréal, ma ville d'adoption, mon lointain port d'attache, chez Jacques Lanctôt Éditeur (le Jean-Jacques Pauvert du Québec), *Textes bleus et textes d'hiver*, un recueil fourre-tout où figuraient mes cinquante chansons préférées, quelques poèmes de jeunesse, quelques lettres d'amour à Nathalie B., ainsi qu'un récit-nouvelle, *Venise en décembre*, publié aux Éditions du Rocher en janvier 2003.

Pourquoi « bleus », pourquoi « d'hiver » ? Pour le « d'hiver », outre le plaisir du jeu de mots, cela allait de soi, s'agissant d'un livre publié au Canada : « Mon pays, ce n'est pas un pays, c'est l'hiver », chantait Gilles Vigneault.

Or, depuis le début des années 1990, depuis la parution en France de *Nos amis les chanteurs* (trois volumes aux Éditions des Belles Lettres), depuis quelques prises de position politiques pour le moins provocantes, la bise était venue dans mon beau pays de France, emportant mes habits, emportant mes amis. Mes emportements, mes colères, mes provocations avaient fait de moi, en cette fin du

XX^e siècle, un paria, un écrivain maudit. Tel Dante chassé de Florence, je fus chassé de Paris. Montréal – « Je me souviens » – m'accueillit à bras ouverts. Là-bas, je pus travailler en paix, publier mes livres et écrire des chansons pour de grands artistes québécois, tels Daniel Lavoie, Luce Dufault ou Dan Bigras.

Voilà pour l'hiver. Mais « textes bleus », me direz-vous, cela a-t-il un sens ? *The answer is : « yes »*. Pourquoi ? Tout d'abord, parce que j'aime le bleu, tous les bleus : le bleu Vermeer, le bleu outremer, le bleu horizon, le bleu lavande, le bleu marine, le bleu ardoise, le grand bleu, le bleu de Prusse… J'aime aussi le bleu d'Auvergne et les petits bleus, ces novices, et je ne compte plus mes bleus à l'âme, ces stigmates de ma mélancolie.

Dans ma vie, j'ai beaucoup bu (surtout du blanc), mais aussi beaucoup lu, et parmi les mots que j'ai le plus souvent écrits, il y a le mot « bleu ». Ainsi, pour ne prendre que deux exemples en chanson, ces deux vers de *Tu seras comme le ciel*, ce beau duo que j'interprétai naguère avec ma fille Lou et que Dan Bigras reprit au Québec :

*Un jour tu seras comme le ciel*
*Tu seras bleu et tu auras des ailes.*

Ou encore, ce premier vers de *Royaume du Danemark* : « *C'était une fille bleue comme l'ensemble du ciel* ».

Ce bleu littéraire sonnait comme un lointain écho à l'héroïne blonde « aux gestes bleus » d'un

*Privé à Babylone*, de l'immense écrivain américain Richard Brautigan, auquel je consacrai par la suite un petit essai [1].

Cinq ans après, j'imagine que l'on me demandera : Pourquoi « textes verts » ? Je pourrais répondre que j'aime le vert, mais ce n'est pas le cas. Le seul fait que le vert soit la couleur de l'espérance suffirait à me le faire haïr. Alors, pourquoi ? Parce qu'il s'agit de textes de « jeunesse » et de textes « vigoureux ». « Vert » vient du latin *virere,* qui signifie « être vert », « être vigoureux ». Je crois que ces textes ne manquent pas de vigueur. En outre, « vert » signifie « jeune, qui n'est pas mûr, qui a encore de la sève ». C'est ainsi que l'on parle de blé vert, de bois vert. Des volées de bois vert, je crois en avoir balancé quelques-unes…

Et puis, il y a une autre raison, une autre explication. Couleur du ciel, le bleu est la couleur de l'ange. Couleur de la nature, le vert est la couleur du diable. Dans ma vie, j'ai fait l'ange et j'ai fait la Bête, mais plus souvent la Bête. Le diable, c'est « celui à qui l'on a fait du tort ». Ne m'a-t-on pas fait du tort – et Renaud, bien malgré lui, en premier ? Cependant, il me semble que je fus un « gentil petit diable », plus souvent merle moqueur que vautour intraitable. Je suis un être « naturel »,

---

1. *À la recherche de Richard Brautigan*, Le Castor Astral, Paris, 2003.

voyez-vous, et chacun sait que la nature a horreur du vide. Cette horreur du vide, ce vide effarant qui définit la « pensée » de la plupart de nos chanteurs d'aujourd'hui, je crois l'avoir plaisamment étalé dans mes chroniques.

Enfin, pour ne dissimuler à personne mon goût des boissons fortes, j'ajouterai que Verlaine nommait « sorcière verte » sa boisson préférée : deux doses d'absinthe et deux doses d'armagnac. Comme l'écrivait Rimbaud : « une fameuse gorgée de poison ».

# I

# « PAROLES ET MUSIQUE »
# 1989-1991

« On a toujours tort d'interroger les chanteurs,
qu'on les laisse chanter quand ils n'ont plus rien à dire. »

Pascal Sevran, *Tous les bonheurs sont provisoires.*

« Il s'est gavé de rossignols dans l'espoir de mieux chanter,
de poisson dans l'espoir de mieux nager,
et de lièvre dans l'espoir de mieux courir.
Mais qu'est-ce qu'il a bien pu bouffer pour être aussi con ? »

Grégoire Lacroix, *Les Euphorismes de Grégoire.*

C'est Fred Hidalgo qui, à la fin des années 1980, peu avant la disparition de son journal et son rachat par Jean-François Kahn, qui dirigeait alors *L'Événement du jeudi*, me commanda mes premiers « papiers » pour *Paroles et Musique*.

Lors du rachat de cet excellent « mensuel de la chanson vivante », « citizen Kahn » – comme certains l'avaient surnommé – choisit Richard Cannavo, un ancien de feu *Le Matin*, comme rédacteur en chef. Hidalgo demeurait en place en tant que père fondateur, mais sans pouvoir réel. À nouvelle formule, nouveaux collaborateurs, et Richard Cannavo me proposa de tenir désormais une « chronique d'humeur » mensuelle. J'acceptai avec une joie aussi sincère qu'inconsciente, puisque cette collaboration (fort mal rémunérée) allait marquer un grand tournant dans mon existence : par hasard (mais le hasard existe-t-il vraiment ? N'est-il pas plutôt le nom que Dieu se donne lorsqu'il veut garder l'anonymat ?), j'allais devenir dans les années suivantes un pamphlétaire redouté, aussi adoré qu'exécré.

Autant je n'aimais guère Fred Hidalgo, son regard fuyant, sa mollesse provinciale, ses façons de courtisan, autant j'appréciais Richard Cannavo (et sa ravissante épouse, Bérénice !), Richard le flegmatique, Richard aux yeux tristes et à la plume alerte.

Cette première expérience du journalisme ne fut guère heureuse. En deux ans d'exercice, j'appris tout de l'art du coup bas, de la vile flatterie et de l'hypocrisie éhontée. De la vingtaine de rédacteurs que nous étions, je ne garde estime et amitié que pour Richard Cannavo.

Quinze ans après, je n'ai conservé de cette époque qu'un bon souvenir et un vif regret. Le bon souvenir : d'un sondage effectué par le journal, il ressortit que ma chronique était la préférée des lecteurs de *Paroles et Musique*. Un vif regret : lorsque Jean-François Kahn décida de se débarrasser de ce mensuel qui perdait de l'argent tous les mois, il me proposa de demeurer dans son équipe (j'étais quand même le frère de Renaud !). Par solidarité avec mes camarades licenciés, je refusai. J'eus tort. Contrairement à mes camarades, je fus licencié sans indemnités et mes camarades n'étaient pas des camarades.

*

* *

À la lecture de ces chroniques, on pourra s'étonner que mon opinion sur quelques personnages cités ait pu évoluer, voire changer du tout au tout, au fil des années. À cela, rien de très étonnant : les gens – comme les temps – changent ; certains de mes « ennemis » de naguère sont devenus mes amis aujourd'hui – et réciproquement. Les uns se sont améliorés (ou, plus simplement, je les avais mal jugés), les autres sont devenus visiblement ce qu'ils étaient déjà essentiellement : des ânes.

J'avoue qu'une certaine mauvaise foi (dans tout pamphlet, il en faut une certaine dose) me fit parfois mal juger quelques-uns de mes contemporains. Ainsi, de Florent Pagny, qui n'est peut-être pas très malin, mais qui est un garçon attachant et un chanteur tout à fait respectable. Ainsi, de Philippe Djian, que je n'avais pas lu lorsque je me gaussai de ses chansons et de ses livres. Depuis, j'ai lu ses admirables *Ardoises*, *Frictions*, *Impuretés*. Comment ai-je pu passer à côté d'un aussi bon écrivain français ? J'imagine que son succès devait considérablement m'agacer…

Dans l'autre sens, mon avis sur Patrick Bruel ou sur Jean-Louis Murat a également évolué, autant dire radicalement changé. Ils étaient bien partis… Voyez ce qu'ils sont devenus.

Pour l'essentiel, cependant, amitiés et inimitiés d'hier n'ont pas varié. Roda-Gil, Francis Cabrel, Renaud ou Guy Debord occupent ici la place qui leur revient : la plus haute. Les autres se vautrent toujours dans leur nauséabond cloaque, quand ils n'ont pas purement et simplement disparu dans le gouffre sans fond de leur insondable nullité.

## Nos amies les bêtes

Dans la nature, l'hippopotame ne brille ni par la grâce ni par la délicatesse. En revanche, l'hippopotame est bon comme la romaine, tandis que l'alligator est sanguinaire et l'antilope étourdie. Lorsque l'antilope au corps svelte et aux pattes grêles vient se rincer le gosier dans la rivière saumâtre, le caïman sournois ouvre un large bec et bouffe un peu sa proie. C'est alors que surgit le vaste hippopotame qui met en déroute l'ignoble crocodile. L'antilope est salement amochée, voire gravement morte, mais qu'importe, l'hippopotame lui fait la respiration artificielle, ce qui témoigne d'une certaine dose de bonté, assez rare chez l'homme. L'histoire est authentique, puisque je l'ai vue à la télévision. Vous me direz, j'ai vu aussi Sabatier, et pourtant il n'existe pas.

Mystère de la nature mystérieuse. La chanteuse Stéphanie de M. résume douloureusement le drame animalier : « N'oublions pas que les animaux sont aussi des êtres humains. » C'est intéressant, mais le contraire me paraît plus probable.

Lio a un côté très hippopotamien : elle est bonne, elle est gentille. Elle est très bonne, même. Mais l'hippopotame pousse-t-il des vocalises ? Non, bien sûr guenon. L'hippopotame laisse chanter le rossignol et s'ébroue. J'aime bien quand Lio s'ébroue. Mais qu'elle s'abstienne de chanter en direct, ça traumatise mon canari.

Les hyènes dactylographes de *Libé* ont allègrement assassiné *Tunnel of love*, le dernier Springsteen. Et comme ces chiens savants jugent toujours nécessaire de conforter leurs époustouflantes démonstrations par un contre-exemple faisant fonction de preuve par l'absurde, ils ont encensé le dernier Mellencamp, pourtant bien décevant. Qu'ils sont bêtes.

Le 4 décembre, Suzanne Vega est à Paris. Cette petite New-Yorkaise écrit et chante des choses comme : « *Solitude stands by the window/She turns her head as I walk in the room/I can see by her eyes she's been waiting/Standing in the slant of the late afternoon* ». C'est si simple, la poésie, Suzanne Vega est à Jeanne Mas ce que Kant est à Bernard-Henri Lévy. C'est vous dire.

J'ai dit Kant, j'aurais pu dire Rousseau. Du reste, après avoir entendu *Un enfant de toi* de Phil Barney, j'ai mis tous mes gosses à l'Assistance. C'est trop triste, cette histoire de la mère qui meurt dans l'accouchement douloureux tandis que le chiard vit et emmerde son père jusqu'à la fin de ses jours. Dans le genre bestial, c'est presque aussi beau que la plainte aurorale de la chèvre de Monsieur Seguin.

Nacash aussi, c'est très amusant. Mais comme dit (presque) Brassens, « Tout le monde peut pas s'appeler Duran Duran ». Enfin !... La relève de Gold est assurée, c'est l'essentiel. Ah ! Éternelle jeunesse du rock'n'roll !

P.S. : Dialogue de bêtes : « Raft [1] me méduse ! C'est chouette ! – Je vous l'échange contre sept mille barils d'Indochine ! – Ça ne m'intéresse pas ! – Mais ils sortent dans 754 pays... – J'm'en fous ! Je garde mon Raft et j'attends Diên Bien Phu ! » Dur.

---

1. J'avoue avoir oublié qui était Raft. Mais cela a-t-il une quelconque importance ? (*N.d.A.*, mai 2005.)

# Génération mon cul !

À quelle génération appartiens-je ? La question me turlupine et m'empêcherait de dormir si je n'avais pas acheté le dernier Yves Duteil. Ces derniers temps, on m'a proposé « Génération Mitterrand », *Génération* de Hamon et Rotman (Le Seuil), et, enfin, « Génération Goldman » (*Le Nouvel Observateur*). Cavalons, gigotons, éliminons.

Jean-Jacques Goldman est un garçon propre sur lui qui chante sans conviction des chansons très molles et très jolies. Jean-Jacques est très gentil, pas bégueule pour un rond, et généreux. Il aide tout le monde : le tiers-monde, le quart monde, et même le quint monde si ça existe. Mais si j'appartenais à une « génération Goldman », ce serait plutôt à celle de Pierre, rebelle assassiné le 20 septembre 1979.

Génération perdue, mais pas pour tout le monde. La prétendue « génération » de Hamon et Rotman, c'est celle de July-la-Rousse, de Glucksman, de l'infidèle Castro (Roland) et de quelques autres thuriféraires du Grand Timonier devenus capitaines d'industrie ou penseurs officiels sur le cadavre de leur jeunesse. C'est un idéal, ça ? Quel individu normalement constitué, avec un crâne et deux couilles, se reconnaîtrait dans ces chantres mous de la soft-idéologie, ces hérauts du *soft-song* ?

Il nous reste la « génération Mitterrand ». Pas Frédéric : François. (Et encore moins Frédéric François ! Comment fait-il pour remplir l'Olympia six jours d'affilée, celui-là ? Il doit avoir une grande famille.) J'aime bien le son du pas du Président dans les caillasses et les bruyères sauvages de Latché. Mais je ne crois pas appartenir à sa génération, ou alors ma mère m'a menti sur mon âge.

Mitterrand sera-t-il réélu ? Faut voir. Ça dépend des chanteurs. Naguère, en effet, un chanteur avait une voix, comme tout le monde. Aujourd'hui, il semblerait qu'un chanteur sans voix en vaille cent mille… Pour un authentique poète qui s'offre une page dans *Le Matin* pour dire « coucou » à « Tonton », cent besogneux de la goualante vont s'exhiber avec Léotard ou Lang, comme ils iraient chez Lux ou Sabatier. Mais qui promeut qui ? La question ne sera pas posée, mais il y sera répondu. L'homme politique a besoin de l'homme chanteur comme le H a besoin de deux O pour aller dans le Pastis. Et réciproquement.

À mon avis, Renaud votera Mitterrand au deuxième tour, mais uniquement s'il est candidat. Dans le cas contraire, il ne votera pas pour lui.

Johnny votera pour Chirac. Absent de Paris, il votera par correspondance. Pourvu qu'il y ait une photo sur le bulletin de vote !

Adjani, elle aussi, votera pour Chirac. Et cette fois ce n'est pas une rumeur. C'est plus grave : aucun espoir de vaccin à l'horizon.

Jeanne Mas devrait soutenir Raymond Barre. Un coup de Barre, Mas, et ça repart !

Lama et Delon auraient bien soutenu Le Pen, mais c'est pas bon, coco, a dit l'imprésario. Bon pour le çon, mais mauvais pour l'image. Barre lave plus propre. Va pour Barre ! Lama-Delon, c'est la même chanson, un peu vulgaire.

Stéphanie de Monaco ne votera pas, car elle est monégasque. Pour une fois, on a du bol.

P.S. : Vicelards, les kids. Après les cuisses de Guesch Patti, voilà qu'ils plébiscitent les nibards de Sabrina. Je pose la question : est-ce que plus nul, ça existe ? Rien ne tient dans cette histoire, même pas le soutien-gorge.

## La pêche à la truite

Les filles, c'est comme la pêche à la truite en Amérique : il faut dénicher le bon creek, attraper les meilleures mouches, et puis il faut savoir ferrer. Parfois, la truite vous glisse entre les doigts et vous restez comme un nigaud, le bec dans l'eau.

Moi, je n'attrape pas toutes les filles. Il y en a que je remets dans le torrent, pas méchamment, mais sans aller jusqu'à m'excuser, comme dans la pêche à la truite en Amérique.

Elsa, elle est si jolie que je lui donnerais toutes mes mouches, et même mes hameçons, si elle veut, pour aller pêcher. *Quelque chose dans mon cœur*, c'est comme une tartine de beurre avec du miel de lavande qu'on mange après la pêche.

Un jour, j'ai vu une vieille femme avec de grosses lunettes qui tournait autour de mon creek. Elle me regardait avec un petit air idiot. C'est fou ce qu'elle ressemblait à Nana Mouskouri. Ou bien c'était Mireille Mathieu déguisée en grecque. Mais ça m'étonnerait que Mireille Mathieu aille à la pêche à la truite en Amérique.

Mireille Mathieu, elle est écrivain. Elle a écrit *Oui, je crois*. Enfin, je crois. C'est un livre vraiment intéressant, comme on aimerait en lire plus souvent. Par exemple, elle raconte sa phobie des chats noirs, car elle est très superstitieuse. Passer sous une échelle, elle n'aime pas non plus, même sous un escabeau. Mais qui aimerait passer sur Mireille Mathieu ?

Elli Medeiros, elle chante très mal aussi, mais je l'aime bien quand même, surtout à cause des petits poissons qui glissent entre ses jambes. Mais je ne sais pas si ce sont des truites ou si ce sont des brochets.

Même France Gall, je l'adore. « Évidemment », elle est un peu nunuche, et puis sa chute de reins, c'est pas Niagara, mais on n'est pas obligé d'être jeune et bien roulée pour chanter des conneries. C'est dans les vieux creeks qu'on pêche les meilleures truites en Amérique.

À propos de Berger et de bergère, il y a une petite Lorraine qui s'appelle Patricia Kaas. Elle chante *D'Allemagne* avec un feu qui donne soif. Chaque fois, il faut reprendre une rasade de cognac du Kentucky.

« Décalages, dérapages », c'est le titre d'un long entretien que Françoise Hardy a accordé au journal *Rockland*. Mme Hardy dérape, en effet. Elle pédale même dans le vomi. Parmi d'autres gracieusetés, elle traite Jack Lang d'« ordure » et les socialistes de « vautours » et de « serpents venimeux ». Quant aux chanteurs de la « clique de gauche » (mais « ils sont tous à gauche », précise-t-elle, ce qui constitue un scoop), ils tiennent des discours « saccageurs, destructeurs et moralisateurs ». Détail supplémentaire : « La plupart de ceux qui s'engagent sont d'origine juive », ce qui constitue un second scoop. Moi, je dis que Mme Hardy est une sorcière qui transforme les gentilles truites en vilains crapauds. Elle a même réussi à envoûter Jacques Dutronc, ce que nul ne lui pardonnera.

Les filles, c'est comme les truites en Amérique. Il y en a qui ont trop longtemps mariné dans le creek, et puis il y en a des dorées sur tranche qu'on avalerait tout cru. Mais faut les attraper.

P.S. : J'ai piqué le titre à Richard Brautigan, Christian Bourgois éditeur.

## Du haut de mes auteurs

Je lis. Je lis tout. Les romans, les essais, les encyclopédies, les journaux, les prospectus, et même les paroles des chansons lorsque *Salut !* ou *Top 50* (l'hebdo) ont la délicate attention de les publier à mon intention. Je ne voudrais pas passer à côté d'un chef-d'œuvre de Myriam Marie (*Dis-moi les silences*) ou de Léonard Herbert (*Tu ne pourras plus jamais m'oublier*).

Hiver comme été, je lis, mais surtout à l'automne, quand les petites filles qui te donnent tout, d'abord le bonsoir, et puis la main, ont repris le chemin de l'école. La nostalgie de nos amours d'été me fait lire.

Sur la plage, entre deux pouffiasses satinées, je lisais Bohringer [1]. Si j'ai bien compris, c'est l'histoire d'un mec qui n'a pas trouvé le mode d'emploi

---

1. Richard Bohringer, *C'est beau une ville la nuit*, éditions Denoël.

de la vie, alors qui fait des conneries : il boit, il se came, il écrit des chansons. Y a des bistrots crasseux, des grands trains fiévreux, des chiens faméliques et des filles maléfiques, et puis des mots vachement gonflés comme « bite », « couille » ou « pisse ». Ça ne pisse pas loin, précisément, mais le succès prodigieux du bouquin illustre à la perfection ces récents propos de Guy Debord [1] : « Là où la possession d'un "statut médiatique" a pris une valeur infiniment plus grande que la valeur de ce que l'on a été capable de faire réellement, il est normal que ce statut soit aisément transférable, et confère le droit de briller, de la même façon, n'importe où ailleurs. » En gros, on ne prête qu'aux richards.

Elsa aussi m'a beaucoup déçu. À notre beau roman d'amour, elle a préféré *Un roman d'amitié* avec Glenn Medeiros, le surfeur surfait d'Hawaii. La chanson est gentille, mais je trouve ce couple franchement incongru. Un peu comme la rencontre d'une planche à voile et d'un tube de lait Nestlé sur une table de dissection, comme aurait dit Lautréamont. Mais je doute que Glenn connaisse Isidore Ducasse. Hé, lis, Medeiros !

Ils sont mignons, David et Jonathan. Ils chantent *Est-ce que tu viens pour les vacances ?* avec une

1. Guy Debord, *Commentaires sur la société du spectacle*, Éditions Gérard Lebovici.

conviction adolescente qui me remplit d'hébétude. Et puis, ils sont propres sur eux, même qu'ils portent des jolis tee-shirts où qu'on peut lire « Club Méditerranée ». Ils sont tellement gentils que M. Trigano les a invités pour les vacances. Y en a qui sont vernis.

Le 10 septembre, Renaud chantait *Jonathan* (et David, alors ?) à *Champs-Élysées*. Je dirais volontiers tout le bien que j'ai pensé de l'émission, mais les esprits chagrins hurleraient aussitôt au vil esprit de clan. Je tairai donc éloges et louanges (il faudra qu'on m'explique la différence), et me contenterai de remercier Francis Cabrel pour sa belle interprétation de *La pêche à la ligne*.

Vanessa Paradis, je ne comprends pas toujours ce qu'elle chante. Il paraît que c'est normal : Roda-Gil lui-même ne comprend pas toujours ce qu'il écrit. Par contre (je le dis exprès, pour faire plaisir à Roda-Gide, à moins que ce ne soit André, qui se gaussait des partisans du « en revanche ») quand Vanessa chante *Morts les enfants*, du même Renaud, dans la même émission, j'applaudis des deux mains, dès aujourd'hui, dès hier.

# Les parents terribles

Jeanne Mas, chanteuse populaire fabriquée par Romano Musumara, vient de découvrir les joies de l'enfantement. Toutes nos félicitations à l'heureuse maman. Par la même occasion, la Mas populaire vient de découvrir qu'elle sait également torcher une bafouille. Elle a écrit à François Mitterrand pour lui demander le rétablissement de la peine de mort pour les assassins d'enfants. Juste pour eux. Enfin, dans un premier temps… Après, on verra pour les assassins d'adolescents, les assassins de vieillards et les assassins d'adultes. Le Gros Blond a chaudement approuvé l'initiative de la Petite Brune. Bourreaux et bourriques, même combat.

Dans la foulée, Jacques Faizant nous pond un dessin hilarant dans *Le Figaro*. Une petite fille montre un journal à son père. En première page, cette question : « Peine de mort ? » Elle demande : « C'est quoi, un abolitionniste ? » Et le père de répondre : « C'est un papa qui n'a pas de petite fille ou pas d'imagination. » Et un salaud, c'est quoi ? J'aimerais que Franz-Olivier Giesbert, le nouveau « patron de gauche » du *Figaro*, me réponde. Journalistes faisandés (est-ce que Michel Droit est sorti de prison ?) et mamans poules déconnantes, même combat.

Papa de deux petites filles, je ne dois pas avoir la même imagination que M. Faizant.

Non contents d'avoir des enfants, nos chanteurs ont maintenant des fils spirituels (mais pas forcément drôles). Ainsi, Florent Pagny, qui chante très bien, mais qui chante comme Sardou. Ainsi, Patsy (*Liverpool*), qui chante très joliment, mais qu'on croirait sortie du lit de Michel Berger et de Véronique Sanson. La répétition serait-elle devenue une figure du renouveau ? Je pose la question aux philosophes du *Figaro*.

Nos cousins québécois, eux aussi, ont des enfants. J'étais à Montréal pour le dixième gala des Félix, l'équivalent de nos Victoires de la musique. Un show de deux heures trois quarts, mieux enlevé qu'à Paris, mais où l'on entendit tout autant d'inepties. La petite Céline Dion a ramassé quatre trophées et, notamment, le Félix attribué à « l'artiste québécois s'étant le plus illustré hors Québec sur le marché francophone ». Très émue, elle a remercié son producteur, son chauffeur et son raton laveur, ainsi que celui « qui m'a permise… ». Un peu plus tard, c'était Nathalie Simard (trois Félix, dont celui attribué au « meilleur disque pour enfants ») qui venait ânonner : « Je voudrais remercier la collaboration… » Quant au Félix décerné à « l'artiste de la francophonie s'étant le plus illustré au Québec », il est allé à La Compagnie Créole. C'est dur pour le moral, non ?

Au Québec comme en France, le meilleur côtoie le pire. Si Daniel Lavoie n'obtint aucun trophée, Michel Rivard fut sacré « interprète masculin de l'année », et Daniel Deshaime (dont l'album sortira prochainement chez nous) « auteur-compositeur de l'année ». Dans la patrie de Félix Leclerc, il y a encore des gens qui savent écrire, parler, chanter en bon français. Pourvu qu'ils aient une descendance !

# Leçon de choses

En feuilletant Apollinaire, je tombe sur ces vers : « *L'anémone et l'ancolie/Ont poussé dans le jardin/Où dort la mélancolie/Entre l'amour et le dédain.* » L'anémone et la mélancolie, je connais : j'aime les petites fleurs, Alain Souchon et ses délicieusement désuètes solitudes, et puis Cioran, bien sûr, qui assène ses délicatesses avec l'élégance glacée des grands oiseaux de mer. Mais l'ancolie ? C'est presque aussi mystérieux que le succès de Mylène Farmer ou de David Hallyday. On peut consulter son Robert, mais c'est la mort du mystère.

Après les roberts de Sabrina, les sourdingues ont plébiscité les fesses de Farmer. C'est dingue.

Fesses molles, à l'instar de l'année 88, année Début de Soirée et fin des haricots, année double J Goldman (onze tubes sur dix chansons, dont une – *Il changeait la vie* – légèrement plagiée sur *The days of Pearly Spencer* de David McWilliams), et puis, bien sûr, année Mylène mi-synthétique.

Il y avait les montres molles de Dali, « la vie molle, rampante, efféminée » dont causait Diderot, il y a maintenant les années molles. 1988 fut une année d'ennui sournois, de désespoir froid. Qui rallumera les grands brasiers des passions ? Qui nous apportera des orages ? Lycéens, réveillez-vous ! Plutôt une fin effroyable qu'un effroi sans fin ! Feu sur les soldeurs de la pensée, les équarisseurs de la musique ! Que cent fleurs s'épanouissent sur le cadavre de la non-vie ! Cent petites anémones.

Et un if, qu'est-ce que c'est ? Jusqu'ici, je croyais qu'il s'agissait d'un conifère, peut-être même le roi des conifères, bien qu'il y ait pas mal de prétendants. Et j'apprends qu'il n'en est rien, qu'un if n'est qu'un « *si* » puisque c'est le titre du poème de Kipling adapté par André Maurois (non cité dans les « crédits », merci pour lui) que Lavilliers a mis en musique et qui donne son titre à l'album du chanteur du même nom. Enfin… Il sera beaucoup pardonné à Bernard, car son disque est tendre et fort, grave et enjoué, à écouter en fumant un cigare et en se laissant pousser la barbe pour ressembler à Fidel Castro.

Nuit d'insomnie : écouter Étienne Daho pour s'endormir sans à-coups ou relire le *Voyage au bout de la nuit* pour vraiment se réveiller. Aux analphabètes comme leurs pieds, on conseillera l'édition Gallimard-Futuropolis, illustrée par Tardi. Mais entre nous… il faut quand même un sacré culot pour cosigner l'ouvrage du père Destouches !

Re-nuit d'insomnie : s'habiller en sardine à l'huile et foncer en boîte pour y danser sur *La vie la nuit*, la nouvelle chanson vomitive de Début de Soirée. Ou encore : prendre *L'Élan vers le pire*, le dernier Cioran, et méditer sur cet aphorisme : « Se lever au milieu de la nuit pour ouvrir un livre, c'est déshonorer l'insomnie. »

# Ils revienent, chacun à leur façon

## *Cher Francis, pauvre Jeanne*

Il marche à pas feutrés, Francis Cabrel, les yeux calmes et le geste lent. Si le Sud l'habite, ce n'est pas celui de Pagnol, mais celui de Lautréamont, c'est le Sud-Ouest. Le regard tourné vers le vieil océan que l'on salue est autrement plus grave et plus rêveur que le regard porté sur la défunte Méditerranée.

Aujourd'hui, suivant la Loi du retour qui n'est pas la sienne (la sienne serait plutôt la Loi du départ), l'homme qui marche à pas feutrés nous revient. Avec une petite fille (« *et c'est la vie tout à coup* »), mais aussi avec un grand album, *Sarbacane*, aimé même par *Libération*, ce qui ne laisse pas de nous inquiéter sur l'état de santé de Serge July. Il nous revient avec dix chansons qui ne sont pas vraiment à mourir de rire, mais qui devraient faire mourir de honte tous les Lillipuchiens du Top 50. *C'est écrit, Le pas des ballerines, Tout le monde y pense, Dormir debout, Petite sirène…* C'est écrit, en effet. À côté de cet artiste élégant, les jeunes loups de la chanson française me font l'effet de chiens couchants. À la niche, les aboyeurs ! Coucouche, Pagny !

Un malheur ne vient jamais seul : après le drame arménien et le disque non moins dramatique d'Aznavour, voici le retour de Jeanne Mas après deux ans d'absence. Deux ans de réflexion pour accoucher de *Crises de l'âme* (jeu de mots Mastoc), un album qui lui « donne la chair de poule », assure-t-elle avec un bel aplomb dans *Salut*.

Jeanne Mas est bouleversée par ce que Jeanne Mas écrit. Et c'est vrai que c'est renversant ! Écoutons *Y a des bons* : « *Y a tous ces Noirs qu'on bat/Qui meurent sans liberté, sans droits ni loi/C'est le pouvoir des "rois"/Qui ferme les portes à Winnie Mandela.* » Le roi d'Afrique du Sud peut s'endormir tranquille, c'est pas cette cane de Jeanne qui mettra le feu au ghetto.

Jeanneton (elle a pris sa faucille et son marteau) a tous les talents. Elle est aussi cinéaste, savez-vous – et même architecte quand elle fait des pâtés dans son bac à sable. Ainsi, elle a tourné elle-même le clip de *Y a des bons*. Elle explique son projet : « J'ai voulu filmer de la positivité dans la négativité. » Godard n'en dort plus.

Ces temps-ci, sur cinquante chanteurs du Top, il y en a quarante-cinq qui sont là par erreur. Ils se sont trompés de boutique. Il faut les attraper par la glotte et les envoyer méditer au fond d'une grotte sur la célèbre allégorie de Platon. Mais Platon, ils croient que c'est un film d'Oliver Stone sur le Viêtnam…

P.S. : Dans le second volume du *Journal* de Matthieu Galey (Grasset), entre deux portraits au vitriol, en date du 23 octobre 1984 : « Avant-hier, à la radio : Nougaro. "Vous n'êtes pas tenté par le bicorne, comme Charles Trenet ? Vous ne vous imaginez pas sous la coupole, entre deux académiciens ? – Non, je me vois plutôt à Bahia, entre une église baroque et des putes classiques". » Cabrel, Nougaro : cher Sud-Ouest.

## En vertu du droit d'ânesse

La guerre : les Grecs disaient *polemos*, qui nous donna « polémique ». Les Romains, eux, disaient *bellum*. Hélas, si nous héritâmes de leur *pax* (qui nous donna « paix », « peace », « pace », « paz » et j'en passe), ce *bellum* fut abandonné dès lors qu'il apparut que la guerre était vraiment trop moche pour être appelée « belle ». Aussi, au XI^e^ siècle, le joli mot fut-il délaissé au profit du germanique *werra*, qui nous donnera « war », « guerre », « guerra », et je n'en oublie guère.

Jeanne Mas n'a de leçons de linguistique à recevoir de personne. Dans *Top 50* (my favourite hebdo), je lis qu'elle a « suivi des études de langues à la faculté de Nanterre pour commencer (*sic*) une licence d'espagnol et d'italien ». Une licence mixte ? Une licence d'espalien ? Genre : « *Soy una ragazza muy stupida.* » « Ensuite, poursuit-elle, j'ai suivi des cours de psychologie à l'université de Rome. » Hi ! hi ! T'es sûre que c'étaient pas des cours de connerie appliquée, ma poule ? Elle va être fâchée, la Mas. Je m'en fiche. De toute façon, dans le même journal, elle déclare détester « les journalistes qui écrivent n'importe quoi sur elle ». Mademoiselle Jeanne appelle « n'importe quoi » la simple transcription de ses propos. Ce n'est pas parce qu'un âne vous interroge qu'il faut répondre par une ânerie. Et Jeanne Mas en dit beaucoup plus que ses consœurs. En vertu du droit d'ânesse, sans doute.

À la Mas, je préfère encore la nouvelle génération de goualeux mongoloïdes. Ils disent n'importe quoi, mais ils l'assument. C'est le cas de Caroline Legrand [1], par exemple. Quand elle chante : *Je t'aime à l'est d'Éden*, il est évident qu'« *au fond des Ardennes* » (plus poétique) ou « *dans ton slip de laine* » (plus surprenant) feraient aussi bien l'affaire. De son côté, dans un autre chef-d'œuvre (*Le mal de toi*), François Feldman nous avoue : « *Quand j'ai le mal de toi/Je raconte n'importe quoi.* » Même quand il a pas mal. Quant à Florent Pagny, il va encore plus vite en besogne : *N'importe quoi*, c'est le titre d'une de ses chansons, carrément.

Soyons honnêtes : il n'y a pas que les chanteurs qui disent n'importe quoi. Les actrices ne se débrouillent pas mal. Sophie Marceau à TF1, chez PPDA, parlant de son dernier film, *Mes nuits sont*

1. Si quelqu'un se souvient de Caroline Legrand, qu'il m'écrive. (*N.d.A.*, mai 2005.)

*plus belles que vos jours* : « C'est une histoire d'amour qu'est pressée par une urgence. » Gaffe au précipisse !

P.S. : Dagmar, une jeune et belle Allemande qui chante *Berlin*. C'est nouveau, c'est chez Barclay, et c'est joli comme la Poméranie au mois de mai. L'auteur s'appelle Francis Basset. Il a du talent, lui.

## Sans me vanter, que je l'aime !

En vérité, je vous le dis, c'est Mozart qu'on assassine. Partout, on me voue aux gémonies. Les accusations les plus sournoises, les diffamations les plus fourbes fusent. Ainsi, M. Pagnimas, du Teil-en-Vexin, m'écrit : « Comment vous osez-vous dire que tous les chanteurs du Top 50 sont des couillons ? » La mauvaise foi est évidente. Je n'ai jamais dit tous les chanteurs. J'ai dit 99 % d'entre eux. Nuance. Et ne me dites pas que 99 % de 50, ça fait un demi. Je sais compter, merci. Mais je vous signale qu'il y a des duos. Début de Soirée, par exemple. C'est pas parce qu'ils sont deux qu'ils sont deux fois moins cons, loin de là. Mais on ne peut pas faire un Top 51, sinon on confondrait avec le Pastis.

*Cadillac*, de Johnny Hallyday : un sacré pastis. J'ai rien compris à cette histoire. Si j'en crois l'auteur, Étienne Roda-Gil, M. Cadillac est parti un jour du sud de la France pour aller fonder Detroit

(Michigan). Comme il parlait le limousin, les grandes voitures de cons furent appelées des limousines. À ce compte-là, moi aussi je peux écrire pour Johnny. Connaissez-vous la belle histoire de Mercedes, par exemple ?

Mercedes est partie un jour du sud de l'Espagne, sans une tune en poche mais avec un polichinelle dans le tiroir. Pour nourrir son rejeton, elle fit d'abord des ménages à Bar-le-Duc, puis elle se barra en Allemagne. Là, elle rencontra un brave négro nommé Uncle Benz, avec qui elle se mit en ménage. Comme ils n'avaient rien à bouffer, Uncle Benz inventa le riz long grain étuvé « qui ne colle jamais ». Du jour au lendemain, ce sacré bonhomme devint le Noir le plus célèbre de la plantation. Après, comme ils n'avaient rien d'autre à foutre, Mercedes et Benz fondèrent Stuttgart. Des voitures, aujourd'hui, portent leurs noms. Pourquoi des voitures et pas des caramels mous ? L'histoire ne le dit pas.

*Même les vautours font l'amour* chante Johnny. Et alors ? Pourquoi ils se gêneraient ? Personnellement, j'ai connu une vautouresse qui avait le feu aux f… Mais n'étalons pas notre vie privée au grand jour. Étalons plutôt celle des autres. L'idylle (musicale) entre Johnny (l'Harley) et Roda (Larbaud ?) aura duré cinq mois. Chaque jour, Étienne a jeté un mot dans un chapeau. Le moment venu, il a tiré ses mots comme au bingo et il a composé ses phrases. D'où, parfois, l'impression d'étrangeté.

Et maintenant, observons les musiques. Sans me vanter, elles sont épapantes. Pour ne citer que lui (c'est un ami), Jean-Pierre Bucolo a fait un fameux boulot. Ses mélodies sont adamantines et roboratives, et particulièrement sur la face B (si vous écoutez en laser, laissez tomber).

Pour conclure, voyons la voix. Disons que c'est LA voix. Alors on aime ou on aime. Les autres peuvent crever. Ils n'avaient qu'à fonder le rock'n'roll en France, ces cons-là.

# Faut pas se gêner !

Seize ans avant sa disparition, Georges Simenon déclarait : « Nous sommes tous des ratés, puisque ça finit par la mort. » Moi je veux bien, à condition qu'on m'accorde qu'il y en a de moins « ratés » que d'autres. Pour ne prendre qu'un exemple, Dieu a été plus sympa pour Francis Cabrel que pour François Feldman.

« *Et le vent tourne au nord, et le vent tourne au sud…* », et c'est aujourd'hui le tour de Francis Cabrel. Il triomphe, l'homme d'Astaffort, et c'est juste, et c'était écrit. « … *Et le vent reprend ses tours…* » Bouge pas, le vent, je veux revoir le *Sarbacane tour*, tant c'est bien, tant c'est beau, avec des musiciens qui s'appellent Paganotti, Gaucher, Bikialo, Secco… Et Michel Françoise en première partie, qui s'en sort pas mal du tout.

Allons, bon ! Philippe Djian écrit des chansons pour le gentil Stephan Eicher. Il ne parle que de lui, comme d'habitude, et c'est tout à fait passionnant.

En gros, ça donne : « *Moi aimer toi, mais moi avoir du mal à comprendre toi.* » Au lieu d'écrire de mauvaises chansons, M. Djian ferait mieux d'essayer d'écrire un bon livre.

Je ne sais pas si la chanson française survivra à Jean-Pierre François (c'est le neveu à Claude ou le cousin à Frédéric ?), mais je m'inquiète beaucoup pour la santé mentale de François Valéry, ce garçon qui chante en sautillant : « *Aimons-nous vivants/ N'attendons pas que la mort nous trouve du talent.* » Il est fou, ce mec ! Pourquoi la mort lui trouverait ce que la vie ne lui a pas donné ?

François Valéry, il fait dans la chanson « dégriffée ». Il prend *Ella, elle l'a*, il enlève l'étiquette « Berger », et il a la musique de *Aimons-nous vivants*. Faut surtout pas te gêner, ma poule !

Je suis content, Florent Pagny va sortir un nouveau disque. « Si je calcule bien, déclare Florent dans *Salut !*, j'ai dix-sept chansons, dont neuf écrites. » Les huit non écrites, il les a dessinées ? « À l'arrivée, poursuit-il, il y en a trois qui tiennent le coup. Alors je crois que je vais replancher sur l'album, j'ai l'impression qu'il n'est pas encore abouti. » Comment ça, pas abouti ? Qu'est-ce que tu me chantes, mon canari ? Mais je suis sûr qu'il est très bien, ton album ! Te casse pas le cul à enjoliver ! Si on se met à décorer la merde, où va-t-on ?

« Qui pourrait ignorer, dans notre siècle, que celui qui trouve son intérêt à affirmer instantanément n'importe quoi va toujours le dire n'importe comment ? » Grâce à moi, les brillants auteurs susnommés auront au moins lu trois lignes de *Panégyrique*, de Guy Debord, aux Éditions Gérard Lebovici.

## D'UNE ÉPOQUE À VOMIR

Michel Tournier serait-il à la littérature ce que Jeanne Mas est à la chanson ? Interviewé par *Newsweek*, l'illustre Goncourt déclare qu'il faut guillotiner les avorteurs et euthanasier les petits vieux. Puis, comme ces éructations nauséabondes ne sont pas du goût de tout le monde, il s'insurge : « Je suis ébahi de m'apercevoir que je n'appartiens plus à la moyenne des gens qui peuvent tenir des propos style Café du commerce sans que cela soit un scoop international. » On croit rêver. Ce grand ami des enfants a vendu des millions de bouquins, il est traduit dans le monde entier, et il vient de s'apercevoir qu'il ne s'appelait pas M. Glandu, que sa responsabilité intellectuelle et morale lui imposait une sorte de devoir de réserve. Ça lui coûtera le Nobel, et c'est bien fait pour sa gueule.

Ce devoir de réserve, il était aussi valable pour la Mas. Mais on dit des bêtises, on en chante aussi, et puis le public fout le camp, y a des bons, y a des cons, mais y a pas de réservations, alors on se plante à Bercy et on annule sa tournée en province. Croyez-vous qu'elle ait compris la leçon ? Bien sûr que non. Tout ça, c'est la faute à son producteur, aux méchants journalistes… Continue, mon chou, on cherche une crêpière à Annemasse.

Coluche est mort trop tôt. Le Luron aussi. Desproges idem. Balavoine itou. (Mozart trop tard, aurait dit Glenn Gould…) C'est entendu. Maudissons les motos, les hélicoptères, le cancer et le sida, déplorons une fois pour toutes ces disparitions prématurées, mais évitons les canonisations intempestives. Et surtout, saint Colucci, protégez-nous des cagots et des faux dévots !

Quelle aubaine pour les marchands du temple, ces commémorations compassées ! « Qu'est-ce que t'as comme macchabée vendeur, coco ? » « J'ai du Brel, du Brassens, du Piaf, du Dassin, du Trenet… » « Déconne pas, il est pas mort, Charles, il pète le feu ! » « Ah bon… » Et que je te sors ma compil, mon intégrale et mon *best of*.

Et les vivants ? Faudra-t-il attendre que Gérard Manset soit emporté par la fièvre jaune pour que ses disques enfin s'arrachent ? Encore qu'il s'agisse là d'un cas limite, puisqu'il ne semble pas que le propos de ce garçon soit de toucher les larges masses qui plébiscitent un jour la Mas, le lendemain la Kaas, puis leur font boire la tasse.

Mais après tout, n'en faut-il pas pour tous les dégoûts ? Et ces temps-ci, nous sommes servis. Triomphe de la médiocrité avec Mélody (*Y a pas que les grands qui rêvent*, mais y a qu'eux qui prennent du pognon sur ta pomme !), victoire de la vulgarité avec Pacifique (*Quand tu serres mon corps, j'ai envie de gerber*), consécration du crétinisme avec Ivanov (*Les nuits sans soleil,* c'est con comme la lune). Comme le chante si élégamment notre nouvelle Piaf, « *c'est comme qui dirait* » à pleurer. Mais laissons le mot de la fin à Manset : « *D'une époque à vomir/L'histoire dira/Ce qu'il faut retenir.* »

# Et les valses de Vienne, qu'est-ce qu'elles deviennent ?

Tout le monde a le droit de dire des conneries, mais j'en vois qui exagèrent. Prenons Roch Voisine, par exemple. Adulé, le bel acidulé l'est, à n'en pas douter. Mais de là à se flinguer pour sa pomme… « Je sais que plusieurs de mes fans disent qu'elles seraient prêtes à tout, même à mourir, pour que je sois leur ami. Ça me flatte beaucoup, mais je prends ça forcément avec un grain de sel. » (*7 Jours*, hebdomadaire québécois.) Prends-le comme tu voudras, mais si tu peux éviter les anglicismes… De toute façon, elles meurent pas vraiment, elles sont blessées seulement, et Roch conclut philosophiquement : « Je suis sûr qu'elles disent ça sous le coup de l'émotion. » Est-ce possible ?

Et les valses de Vienne, qu'est-ce qu'elles deviennent, dans tout ça ? Il était temps que François Feldman remette la question sur la moquette. Feldman que *Top 50* (l'hebdo) interrogeait récemment :

« Lorsque tu ne travailles pas, quels sont tes loisirs ? » Réponse de François : « Je décore ma maison... Et ça prend du temps. Il faut acheter des meubles, des bouquins... » Pour les bouquins, tu prends juste les reliures ou t'achètes les pages avec ?

Bonne nouvelle : Jean-Pierre François (le survivant) a finalement renoncé à sortir sa dernière chanson, *Pont-à-Mousson*. À la place, on entendra *II a neigé sur les lacs* (sur le lac Majeur, peut-être ?). « N'ayez pas de regrets, nous dit *Salut !*, *Pont-à-Mousson* sera sur l'album. » T'as voulu voir Vesoul et on va voir Pont-à-Mousson... Je sens qu'on va pas être déçus du voyage.

Mauvaise nouvelle : Mélody « travaille sur son deuxième 45 tours » (*Top 50*). Faute de travailler à l'école, sans doute. Mais le succès, s'il perdure rarement, perturbe toujours. Déjà, elle ne sait plus qui elle est, la pauvre gamine, ni quel âge elle a. « Comment se sent-elle en ces lendemains de fêtes ? » lui demande-t-on. « En pleine forme, assure-t-elle. Je n'ai pas fait trop d'excès. » À 13 ans, elle ne s'est pas saoulé la gueule, elle ne s'est pas défoncée à la coke, c'est bien. Et qu'est-ce qu'elle a eu comme cadeaux ? « Une bouteille *(sic)* de parfum de Chanel n° 5 et des poupées Barbie. » Elle dort avec le parfum ou avec les poupées ?

La dernière chanson (hélas, non...) de François Valéry : *C'est pas possible* (hélas, si...). Je lis le texte dans un hebdo : « *C'est pas possible comme elle dance* (sic)/*C'est pas possible comme elle balance.* » Danse, c'est un « s » ou est-ce un « c » ? Bah, on s'en balance !

Un extrait de *l'Abécédaire malveillant*, de Tony Duvert, paru aux Éditions de Minuit : « Les aréopages du Pur Esprit en ont ainsi jugé : il faut écrire gentil, ça se vend mieux. Serait-ce que les méchants n'achètent pas de livres ? Au contraire, il n'y a qu'eux. Mais ils détestent se reconnaître dans leurs lectures. Plus on est âpre, vachard, cynique, rapace, plus on se gorge de romans sucrés. Hitler, Staline, Mussolini, Salazar, Franco n'aimaient que l'opérette mièvre et la chansonnette tire-larmes. »

# La victoire en chialant

Cette année encore, les Victoires de la musique ne nous auront pas déçu : pas de sang, mais de la sueur et des larmes de Prisunic ; pas de morts, mais des hommages en forme de funérailles ; pas de scandales, mais quelques injustices plus ou moins criantes, de celles qui ne risquent pas de désespérer Billancourt, mais qui finiraient par m'agacer. Je citerai, par exemple, trois victimes du snobisme ou de la mauvaise foi du « métier » (on l'appelle ainsi par antiphrase) : Cabrel, Sardou et Elsa. Cette victoire pour le meilleur spectacle, le premier n'eût-il pas dû la céder au second ? Et la victoire pour la meilleure chanson, ne revenait-elle pas à Francis plutôt qu'à la vieille Souche ? Enfin, à Vanessa pleurant sous le regard de Gainsbarre, son nouveau mentor, qui n'eût préféré le sourire bleu d'Elsa, Elsa plus belle que les larmes, Elsa pour qui l'on eût voulu écrire : « *Il advint qu'un beau soir l'univers se brisa/Sur des récifs que les naufrageurs enflammèrent/*

*Moi je voyais briller au-dessus de la mer/Les yeux d'Elsa les yeux d'Elsa les yeux d'Elsa.* »

Mais la poésie est inacceptable, et du reste elle n'existe pas. Sauf dans *Salut !*, bien entendu, où Stéphane (du groupe Pacifique) évoquait récemment son amour des grands morts : « Depuis toujours, je suis un bouffeur de livres. Déjà, à l'époque obligatoire de l'école *(sic)*, j'avais toujours sur moi un livre de poche. D'ailleurs, j'ai pris la voie littéraire [1]. » Vous imaginez, s'il avait pris la voie scientifique ? Déjà que nos centrales nucléaires ne sont pas très fiables, mais avec des ingénieurs de ce calibre… « Toute cette période a été plus qu'enrichissante », poursuit-il. (Il veut parler de sa période laïque et obligatoire, sans doute.) « J'ai découvert un nombre incalculable d'auteurs du XVIIIe et du XIXe siècle. Mes préférés sont René Char et Baudelaire. » (Là, je le soupçonne de parler québécois et de confondre Char et Voiture, encore que celui-ci soit du XVIIe…) « C'est trop, ce qu'ils ont écrit. Il faut les lire pour s'en rendre compte. Ces mecs-là ont tout compris, et avant tout le monde. Sincèrement, j'encourage tout le monde à lire. C'est une occupation accessible à tous. »

Sois sage, Ô ma douleur, et reprends trois Lexomil et deux Valium, et puis va te coucher avec

1. Depuis quinze ans, Pacifique a dû se noyer dans l'océan. (*N.d.A.*, mai 2005.)

les *Feuillets d'Hypnos*. Une chose est sûre : le jour où l'on décernera les Victoires de la connerie, j'en connais quelques-uns qui seront « nominés ».

Alors, on me dira cruel, disséquant sans merci des propos irréfléchis, inconséquents, destinés à ces enfants perdus que l'on appelle « *fans* », ou faons, comme Bambi. « Soyez cruels », écrivaient les situationnistes sur les murs de Paris en mai 68. Je suis cruel.

P.S. : « Venimeux ? Pas plus qu'un naturaliste qui décrit les scorpions : le venin est dans leur queue, il n'est pas dans sa plume. » C'était du Tony Duvert, dans le cadre d'une chronique vachement littéraire.

# LE CLUB DES INCONSOLABLES

Mon enfant, ma sœur, songe et sens comme ce numéro cent a un goût de sang, de fin de règne ou des haricots. Eh oui, tout passe, le ciel et les nuages, et même *Paroles et Musique*... « *J'ai cent ans et j'suis bien content...* » Pas encore et jamais, mais bientôt dix ans, puis plus rien. « *Te souviens-tu d'un slow, dix ans plus tôt...* » C'était avant que reviennent, non les valses de Vienne de l'autre idiot, mais les longs couteaux des gredins de Transylvanie ou de Poméranie. Avant qu'on ne redonne les terres de l'Est aux grands propriétaires et le Nicaragua aux agents de la CIA. Déjà, nous voilà presque orphelins de la poésie, en tout cas de Lorca et de Maïakovski, sur lesquels, au nom de Vaclav Havel, il sera bientôt de bon ton de cracher. Oui, « *j'ai dans le cœur quelque part de la mélancolie* », cette melancholia qui a le visage des places d'Italie lorsque De Chirico les peint. Malgré la noirceur du tableau (parfois une embellie : le sourire d'Elsa), je demeure persuadé que nos bras sont faits pour étreindre, et nos poings, pour se briser sur toutes les murailles de Chine du Vieux Monde.

Vieux Monde, vieux mots. Pire encore, mots d'idiot du village. Prenons Florent Pagny, par exemple. *A priori*, ce garçon n'était pas plus stupide qu'un autre. *A posteriori*, si. Surtout, M. Pagny n'est pas poli. De la presse qui lui cherche des poux dans les cheveux de la tête, il dit grossièrement : « *La presse pas cool/Me casse les couilles.* » Je lui ferai observer que ce mot « cool » n'est pas très français. Pendant qu'il y est, pourquoi pas : « *La presse minus/Me brise l'anus* » ? Là encore, « minus », c'est du latin. Maintenant, examinons ses plus récentes déclarations dans la presse « cool ». Prenons *Le Mag* du 12 mars et ouvrons le dossier « L'année Florent Pagny ». Au hasard. Balthazar : « J'ai beau porter du cuir, je peux aussi parler aux p'tits vieux. » Faites quand même gaffe à votre porte-monnaie, les ancêtres ! Plus loin : « *Heureux de vivre*, on peut me dire que c'est du pseudo-Sardou, je m'en fiche ». 1) On n'a encore rien dit. 2) On s'en fiche aussi. Ailleurs : « Depuis que je gagne de l'argent, je mets le doigt dans le social. » Sans indiscrétion, M. Florent, vous le mettez profond ? Enfin : « J'avais l'habitude d'avoir des rapports humains : maintenant, c'est fini. » Maintenant, il a des rapports inhumains, bestiaux.

Assez de bêtises, précisément. Refermons notre *Le Mag* et ouvrons notre *Top* du 17 mars. En page 35, le retour d'Axel Bauer. Déclaration tonitruante : « Le Top 50 est rempli de fausses brutes en Perfecto. Alors je m'habille en blanc, tel un ange. » 1) C'est Florent Pagny qui va être content. 2) Il pourrait s'habiller en bleu, il ne ressemblerait pas à un Schtroumpf.

Bête, Jean-Louis Aubert ne l'est pas. Drôle, il ne l'est pas non plus lorsqu'il déclare dans le même torchon, à propos de Christine Lidon : « Comme j'ai déjà des Noirs et des Juifs, je voulais une femme dans mon spectacle… J'adore les minorités. » Et des Arabes, il en a ? Et des nains ? Et des chanteurs ? Et pour faire des économies, pourquoi il engagerait pas la petite sœur à Sammy Davis Junior ?

P.S. : On aura sans doute remarqué que le titre de cette chronique n'a qu'un lointain rapport avec sa substance. On s'en fiche, puisque c'est un beau titre. Du reste, il appartient à Jean-Claude Vannier. Cet éternel jeune homme (une sorte d'anti-Pagny) nous donne de ses nouvelles aux éditions Fixot. C'est toujours bien Vannier. Avec Vallet, Roda-Gil et quelques rares autres, il fait partie du cercle des poètes encore de ce monde.

# II

# « L'IDIOT INTERNATIONAL »
## 1991-1992

« Et Jésus a parlé, rouge et bleu sous le ciel. »

Germain Nouveau, *Dieu.*

C'est Marc Cohen, un grand homme de petite taille, qui, au début de l'année 1991, me proposa d'intégrer l'équipe de *L'Idiot international.* Admirateur de mes chroniques dans *Paroles et Musique*, Marc me proposa de tenir dans le journal de Jean-Édern Hallier une chronique sur le show business – unique secteur où les nombreux talents du journal manquaient cruellement de compétences. Cette chronique mensuelle fut baptisée par Cohen d'un nom très idiot : « L'Idiot-disco ».

J'ai gardé un excellent souvenir de cette époque agitée, de ces réunions houleuses et parfois bien arrosées de la place des Vosges. Je revois Jean-Édern se versant une vodka à 10 heures du matin, je revois Philippe Sollers jouant du piano sous le Delacroix du salon…

Certes, n'étant alors que Thierry-Séchan-le-frère-de-Renaud, les grands noms de la rédaction (Patrick Besson, Marc-Édouard Nabe, Gabriel Matzneff…) m'ignoraient superbement, mais Jean-Édern m'aimait bien. Pour preuve, un bon matin, il m'invita à son lever, tel Louis XIV. Vautré dans ses draps de soie, il me parla de Chateaubriand tandis que le fidèle Omar Foitih lui préparait son café. Peu après, j'eus l'immense privilège d'assister à sa toilette. Tandis qu'il se rasait, il me demanda combien rapportait l'écriture d'une chanson. « Quand l'interprète est Julien Clerc, beaucoup », répondis-je ; « Mais encore ? », insista-t-il. « Pour *Fille du feu*, j'ai dû gagner cinquante briques [1] », lui avouai-je sans complexe. Il fut fortement impressionné. Une autre fois, pendant la guerre du Golfe, il me proposa d'aller déjeuner chez Lipp. J'acceptai, puis me défilai lâchement lorsque je le vis s'habiller d'un immense keffieh… Quelques jours auparavant, Jean-Édern avait signé un éditorial épouvantable : « Le sentier de la guerre ». J'avais admiré le grand style célinien, mais condamné l'antisémistisme aussi stupide que dégoûtant qui s'exhalait de ces lignes.

Par la suite, nos rapports se distendirent, ce qui ne m'empêcha pas de faire le coup de poing pour interdire la vente à la bougie de son appartement de l'avenue de la Grande-Armée.

Huit ans après sa disparition, le trublion de la place des Vosges nous manque cruellement. Jean-Édern Hallier avait bien des défauts, mais c'était un homme debout. Notre époque à vomir est désormais celle des hommes couchés.

---

1. Un peu moins de quatre-vingt mille euros (note à l'usage des jeunes générations).

# Pas cette chanson !

*Thierry Séchan, auteur de chansons et chroniqueur musical, revient sur l'émission* Ciel, mon mardi *où Bercoff, le nègre de Tapie, accusait son frère Renaud de chanter pour les Américains. Faux.*

Que reste-t-il quand il ne reste plus rien ? Quatre chansons, peut-être, à fredonner sur les ruines désenchantées du Vieux Monde. Hélas, nos ritournelles d'avant-guerre ne valent pas tripette, et nos chanteurs – à trois exceptions près – sont à pleurer. Qui nous déridera ?

Mardi dernier, chez Dechavanne, l'américanophile André Bercoff (ou Barcov, je ne sais plus) nous a presque fait rire. Que ce plumitif fraîchement débarqué de sa banlieue de Minsk ou de Vladivostok ne sache point s'exprimer, cela se conçoit, et ce n'est pas moi qui lui jetterai la première pierre (mais la deuxième, je veux bien, car ce putois malfaisant – son surnom, c'est Cacaton – mériterait quelques caillasses...). En revanche, il lui sera reproché un certain crétinisme qui lui fait prendre Virgin, la maison de disques du chanteur Renaud, pour une multinationale américaine. Ce con doit penser que les Beatles étaient Ricains, j'imagine. Eh oui, pauvre Barjov, Virgin, c'est anglais, et c'est aux Anglais blêmes ou cramoisis, suivant la saison, que notre poète appartient, pieds et poings liés au fond des poches et des santiags, le traître. Du reste, il poussa naguère l'infamie jusqu'à écrire un hymne à Miss Maggie, la bouchère des Malouines, la tortionnaire de Long Kesh, la plus grande salope d'Angleterre. Mais il est vrai que le courage, l'insolence et l'irrespect sont des vertus inconnues de ce Krapov, ou Karpov, je ne sais plus.

Quand c'est vide ou quand c'est mou, c'est souvent dans *L'Événement du jeudi*. Par exemple, comme Patricia Kaas ne casse pas des briques, l'hebdo de J.F.K. (John Fitzgerald Kahn ?) lui consacre trois pages. Avec deux révélations tonitruantes à la clé : Patricia triomphe au Japon, Patricia veut faire du cinéma. Bien. Il faut quand même rappeler à nos sympathiques confrères de l'*E.d.J.* que les petits hommes jaunes et cruels font un « triomphe » à tous les chanteurs français, d'André Claveau à Cora Vaucaire, de Salvatore Adamo à Sylvie Vartan. Traduisons : les Nippons sont encore plus durs de la feuille qu'en affaires.

Quant au cinéma, est-ce bien utile, Patricia ? La situation du 7e art n'est-elle pas suffisamment désespérée ?

Autre cas désespéré : Jeanne Mas. Dans *Salut !*, le journal des jeunes qui font pipi au lit, la petite chanteuse brune déclare : « Lorsque j'ai eu beaucoup de succès, j'ai eu beaucoup de problèmes dans ma vie. » Nous sommes contents, Jeanne Mas n'a plus de problèmes dans sa vie. C'est comme l'abbé Pierre. Y a des jours, il ferait mieux de se taire. Dans *France-Soir*, le 9 janvier, notre saint homme affirmait : « Il faut savoir frapper. » C'est chrétien, ça ? Allons, pas cette chanson, l'abbé ! Occupez-vous du crapaud de Nazareth et des futurs sans-abri atomique, et lâchez-nous les baskets !

La semaine prochaine, nous saurons si nous avons survécu à la troisième guerre mondiale et au premier concert de Florent Pagny.

# Privé de désert !

*Les chanteurs français ont toujours adoré le désert, c'est le désert qui ne les aime pas. Démonstration.*

Imagine-t-on Frank Sinatra en train de faire le con dans le désert du Nevada ? Non, bien sûr. Le désert, c'est pas fait pour les chanteurs, c'est fait pour les scorpions, les dromadaires, les bédouins, et, à l'extrême rigueur, pour les aviateurs en perdition. Alors, qu'allait-il faire dans cet hélicoptère, notre Balavoine national ? Et Gérard Lenorman, pourquoi ne se contente-t-il pas d'emmerder ses compatriotes en leur chantant pour la nième fois sa *Ballade des gens heureux* ! Dans un récent *Télé 7 jours*, celui-ci évoque sa longue traversée du désert, au propre et au figuré, le sens propre étant le plus sale des deux puisque l'artiste veut nous parler de son dernier Paris-Dakar. « Le Ténéré est un chef-d'œuvre de la nature », nous confie-t-il après mûre réflexion. Raison de plus pour lui foutre la paix, au Ténéré : que dirait-il, lui, si les Touaregs organisaient des courses de chameaux à Montfort-L'Amaury – puisqu'il vécut, dit-on, dans ce sympathique hameau des Yvelines, jadis habité par Havel et aujourd'hui peuplé de fromagers cossus pour qui le bon beur sera toujours un beur mort ? À part ça, M. Lenorman, que pensez-vous de Thierry Sabine ? Réponse (mûrement réfléchie) : « II émanait de lui une immense lumière, comme celle du désert. » Le « Petit Prince de la chanson » a dû croiser l'allumeur de réverbères… Et pour conclure, ces quelques réflexions mûres : « Le Paris-Dakar, c'est la pureté retrouvée. On joue comme un enfant avec ses voitures, on veut gagner, on compte les étoiles. » Primo, il ferait mieux de regarder la route. Secondo, je ne pensais pas qu'on pouvait dire autant de conneries en aussi peu de mots.

Pauvres Chinetoques que tant de maux affligent… Après le massacre de la place Tian An Men, voilà que Dorothée leur tombe sur la gueule. À en croire *Show Magazine*, le journal des professionnels de la musique, la chanteuse pour attardés précoces obtiendrait là-bas « un succès phénoménal ». À Shanghaï, « lors d'une séance de dédicaces organisée dans une librairie de la ville, plus de vingt mille personnes se sont bousculées ». Deux conclusions s'imposent : les librairies de Shanghaï sont plutôt vastes ; les Chinois sont encore plus cons que Simon Leys ne l'avait prévu.

À l'Ouest, une lueur, un Québécois errant qui chante comme il faut écrire : avec son sang. Ce faucon nietzschéen se nomme Richard Desjardins. Bientôt, il sera en France, et il chantera en s'accompagnant au piano :... « *Maintenant je ne pleure plus/Je ramasse des vies/Pour le jour J/Et dans mon cœur-bunker/Je frappe monnaie/À ton effigie...* », puis « *Dehors j'ai vu un ciel si dur/Que tombaient les oiseaux* ». J'ai bien peur que ce garçon ne vienne troubler notre hébétude *ante mortem*.

# Inexistentialisme

*À cinq ou six exceptions près (on les connaît), les chanteurs gentiment niais ou méchamment cons tiennent le haut du pavé dans les territoires occupés de la variété française. Vivement l'Intifada !*

Le jeudi 17 janvier, *Libération* consacrait deux pages à un chanteur sans importance. Deux pages complaisantes, cela va sans dire – ce qui, en soi, constitue un brevet de nullité. Le garçon sans importance déclare pêle-mêle qu'il est « fier de ne jamais ouvrir un bouquin », que le racisme lui « troue le cul », que La Mano Negra est un groupe de rap et que Patrick Bruel et lui ont rénové la chanson française. Un peu comme si l'on affirmait que Bernard-Henri Lévy avait rénové la philosophie. Parmi tant de niaiseries débitées par le rénovateur en question, nous citerons : « Je suis heureux d'être sur terre et d'avoir – j'espère – autre chose à vivre après. » Pourvu que ce type-là n'ait pas neuf vies ! Autre perle d'inculture : « J'ai besoin de me surpasser. C'est un problème d'existentialisme énorme. » Sartre, réveille-toi, ils sont de plus en plus cons ! Ce garçon inexistant (son vrai problème, c'est un problème d'inexistentialisme) s'appelle Florent Pagny. Il chante en ronchonnant « *Presse qui roule/me casse les couilles* », c'est intéressant. Une question, cependant : pourquoi Serge July consacre-t-il toujours ses pages discographiques à des jobards, et jamais à des artistes ? *Libé* est mort, n'en parlons plus.

La guerre du Golfe n'a pas tué que des innocents. Elle a aussi tué le Paris-Dakar, qui s'est achevé dans l'indifférence générale sur la victoire d'un connard quelconque, tandis que les fiers Touaregs apprenaient à tirer sur les gros culs qui traversent leurs villages de misère à cent quarante à l'heure. C'est bien.

# Ce n'est pas gai !

*Les Français qui ne consomment plus, les chanteurs que l'on censure, et Brassens qui fait le mort ! Comme eût dit Leautaud : « Ce n'est pas gai ! »*

Voilà que revient l'hiver 43 et voilà que les Français se terrent dans leurs abris précaires en attendant l'attentat qui ne vient pas. Qu'ils vivent mille ans, ces petits hommes ! Grâce à eux, Paris redevient fréquentable. Pour un peu, on prendrait plaisir à flâner le long des rayons désertés des grands magasins où s'entassent ces médiocres objets naguère si convoités. La marchandise, on la brûlera, promettaient jadis les situationnistes. Ah, que tombent les jolies bombes incendiaires ! Pendant ce temps, profitant de l'hébétude du citoyen moyen, l'État se renforce, le contrôle des têtes s'améliore. En radio, à la télévision, les préposés à la censure de guerre décrètent tel ou tel disque interdit d'antenne. Chanté par Julien Clerc, le *Nouveau Big Bang* de Maurice Vallet avait un « bang » en trop. « Interdit ! », ont décidé les éternels grands cons. « *Tout le monde y pense* », chantait Francis Cabrel. Malheureusement, les âmes sensibles du Sentier de la guerre ont entendu la quatrième strophe :

*Ces femmes qui s'avancent*
*En tenant au bout de leurs bras,*
*Ces enfants qui lancent*
*Des pierres vers les soldats,*
*C'est perdu d'avance,*
*Les cailloux sur des casques lourds...*

Incitation à l'Intifada, c'est six mois ferme d'interdiction d'antenne.

Et tandis que la connerie progresse, Coluche est toujours mort, et Desproges aussi, et Brassens n'est pas près de nous revenir. *Y a tout à l'heure / Dix ans d'malheur* que tonton Georges nous a quittés, laissant derrière lui cent cinquante chansons et quelques poèmes que Le Seuil édite aujourd'hui [1]. Quelle élégance de l'âme, quelle qualité d'indignation morale chez ce libertaire désenchanté qui savait la vilenie des hommes, et puis leur méchanceté de chauves-souris épouvantées ! Il faut lire *La tondue*, il faut lire *La visite*, et puis s'abandonner à

1. Georges Brassens, *Poèmes et chansons*, Le Seuil, collection « Point Virgule ».

la mélancolie de *Saturne*, des *Passantes* et de *Pensées des morts*. Cher Brassens qui disait : « Les hommes qui viennent vont rejeter ce que nous aimons : le morceau de bois, le brin d'herbe. » Il le disait avec douceur, car il n'élevait jamais le ton, sauf en chanson. En vieillissant – et c'est intéressant –, sa haine des flics et des curés s'adoucit jusqu'à presque disparaître. Ainsi, dans *L'épave*, il rendit hommage à un flic bien singulier. Et dans *La messe au pendu*, il alla jusqu'à chanter :

*Cet aveu me coûte beaucoup,*
*Mais ces hommes d'Église, hélas !*
*Ne sont pas tous des dégueulasses*
*Témoin le curé de chez nous.*

Monseigneur Gaillot n'était pas loin. En revanche, jusqu'au bout de sa vie, Brassens garda farouche sa haine des militaires. Jusqu'au bout, il les eut en horreur, ces tueurs que l'on plaint aujourd'hui, comme si quelqu'un dont le métier est la guerre pouvait ne pas être un salaud !

# Lent Dylan

## *Portrait de l'artiste en jeune chiant*

Le mardi 24 janvier 1961, il s'est passé quelque chose d'intéressant. Venu de Madison, Wisconsin, un certain Robert Zimmerman est arrivé à New York City. Pendant ce temps-là, à Marne-la-Coquette, Hugues Aufray écrivait *Santiano.* Je ne vois vraiment pas le rapport, mais passons. Donc, le type arrive avec ses chansons sous le bras, il fait un malheur et trente ans après, CBS (maintenant, ça s'appelle Columbia, c'est intéressant) sort un coffret coruscant en diable, trois Compact Disc, cinquante-huit titres. C'est un raccourci assez brutal, j'en conviens, mais qu'y puis-je si le temps court plus vite que les réfugiés kurdes ? Disons que l'histoire commence avec *Hard times in New York town* (*When I leave New York I'll be standing on my feet*) et qu'elle continue avec *Talking Bear Mountain Picnic Massacre Blues*, un blues parlé assez imposant.

Évidemment, il y a des faussetés fabuleuses, notamment sur *When the ship comes in* et *The times they are a-changin'* que Bob joue au piano (très mal). Bien. Tout cela se termine par un monologue de sept minutes intitulé *Last thoughts on Woody Guthrie.* Sept minutes intraitables. J'ai dû comprendre trois mots : *guitar player* et *sometimes*. Bien. Je vous ai parlé du volume 1 des *Bootleg series* de Bob Dylan. La semaine prochaine, nous scruterons le volume 2.

## *La bonne mine de Sophie Marceau*

J'aime beaucoup Sophie Marceau. Elle a de très belles bronches. Ces temps-ci, elle joue dans un truc qui s'appelle *Pour Israël* ou *Pour Sacha*, un truc comme ça. De toute façon, je n'ai pas vu le film. L'affiche m'a suffi, sur laquelle on peut lire : « Quand on aime, il faut partir ». Et quand on n'aime pas, il faut rester, quoi. Mais franchement, ça vous dérangerait de citer vos sources ? « Quand tu aimes, il faut partir », c'est de Cendrars. Blaise. Blaise sans bras.

P.S. : Mais où va-t-on, je vous le demande ? Et voilà Mylène Farmer (celui qui l'a surnommé Vilaine Fermière est un méchant) qui lit Cioran. Je cherche une âme désenchantée et un trois pièces-cuisine. Bientôt, Florent Pagny va nous chanter Guy Debord.

# Les héros sont fatigants

*Angoisse : qui va écrire le prochain album de Johnny Hallyday ? Si le tout-venant s'en fout royalement, le tout-parvenu s'interroge, soupèse, suppute. Le point sur la situation.*

Johnny Hallyday est un héros. Qu'il chante le contraire ne change rien à l'affaire, bien au contraire, puisque Johnny chante toujours le contraire de ce qu'il ne pense pas, ce qui ne veut pas dire grand-chose. Ce qui a du sens, en revanche, c'est l'intérêt que toutes sortes de contemporains portent à l'individu susnommé, ex-idole des jeunes, ex-mari de Sylvie, ex-père du petit David, et toujours là trente ans après, car expert en survie, une sorte de Rommel du *rock and roll*, pas né celui qui l'enterrera. Du reste, nul n'y songe. Parmi ses confrères, c'est plutôt à celui qui lui sculptera la plus belle statue. Il y eut le pervers Berger du *Chanteur abandonné* (un peu gonzesse dans l'approche de

Tennessee Williams), l'angoissant Goldman de *Je t'attends* (l'angoisse, c'est quand ça n'arrive pas) et l'enfin viril Roda-Gil de *Mirador* (sous lequel Johnny rôde, agile). L'histoire s'arrêterait là si le Grand Librettiste n'avait décidé qu'il s'agirait d'une tétralogie... Alors, dans ce bridge aux eaux troublées, qui fera le quatrième ? Patrick Bruel, dit-on. Pour l'heure, bien assis sur son disque de diamant (est-ce vraiment confortable ?), Bruel hésite à lâcher son public « areu-areu » (crèche mixte et maternelle filles) pour le public « akeu-akeu » de Johnny (camionneurs lecteurs de *Libé* et cadres supérieurs encanaillés Beneix-Djian). L'indécision l'aurait incité à poser ses conditions : tout le disque ou rien. « Qu'il aille se faire Smet ! » aurait répondu un proche, mais un proche de qui ? Moi, à la place du p'tit Patrick, je ne me casserais ni la voix ni les noix et je m'occuperais plutôt de mon prochain skeud (j'ai pas dit Scud, j'ai dit « disque » en verlan). Mais je ne voudrais pas me mettre à la « place des grands hommes ».

Si pas Bruel, qui ? On parle des célèbres duettistes Félix Gray et Didier Barbelivien, déjà auteurs d'une chanson de circonstances (pas vraiment atténuantes) pour Johnny : *Adeline*. Chantée à Bercy, ladite chanson laissa perplexe plus d'un musicologue. Les vers suivants, notamment, déconcertèrent :

*Quand tu danses*
*Même la musique ressemble à du silence.*

De fait, on eût préféré :

*Quand tu niques*
*Même le silence ressemble à de la musique,*

beaucoup moins vulgaire. Aux dernières nouvelles, notre duo gagnant (*Il faut laisser le temps au temps*, c'est encore eux, mais j'ai pas tout compris) préparerait de nouvelles petites merveilles. Vous pressez pas, les gars.

Encore des volontaires. On chuchote : Goldman en ferait deux, Renaud presque pas, Cabrel quasiment aucune… Et Bucolo, dans tout ça ? De source autorisée par sa maman, le « rital de merde » attendrait son heure, planqué derrière ses guitares. Nous en sommes là. La semaine prochaine, nous tâcherons de répondre à cette autre question : le prochain album de Johnny Hallyday sera-t-il chanté par Johnny Hallyday ?

# Gainsbourg ne boit plus

*Gainsbourg ne boit plus, Gainsbourg ne fume plus,*
*Gainsbourg ne baise plus. Gainsbourg se fout de notre gueule*
*ou alors il est mort. Il est mort et c'est pas drôle.*

Y a du monde au bistrot du ciel. Aujourd'hui, c'est Gainsbourg qui régale, alors on a mis le costume du dimanche et on attend le petit nouveau, le cœur navré. Dans le bistrot fleuri d'immortelles et de myosotis, tous les copains guettent le sapin du beau Serge. Y a Brassens et puis y a Dimey, Piaf et le grand Jacques, et Boris Vian, bien sûr, l'alter ego, le frangin des nuits germanopratines, et puis tant d'inconnus emportés par un verre de trop mais toujours soulevés par un vers d'Apollinaire, tant de gens jadis souffrant de tant de maux mais toujours s'enivrant des mots de Huysmans ou de Nabokov. Y a des poètes et y a des peintres, De Chirico sortant d'une étrange taverne de la place d'Italie et Modigliani titubant sous le poids de ses pinceaux. Et encore, il y a des femmes, polies ou polissonnes, belles comme toutes celles qu'il aima, toutes celles qu'il sculpta dans le marbre blanc des tombeaux. Le grand Serge a posé son coude usé sur le zinc rutilant du bistrot du ciel. Des étoiles ont pleuré rose, comme chez Rimbaud qu'il aimait tant, en écoutant pépère radoter des choses tristes comme : « *Le soleil est rare/Et le bonheur aussi* ». Et puis, soupirer en guise de conclusion : « J'ai tout réussi sauf ma vie. » Allons, bon ! Il est encore saoul !

# Cousin Voisine

*C'est idiot, mais je ne peux pas m'empêcher d'aimer Roch Voisine, notre cousin québécois. C'est d'autant plus idiot qu'il vient du Nouveau-Brunswick.*

Le Québec est un pays trois fois plus grand que la France (« *Mon pays*, chantait Vigneault, *ce n'est pas un pays, c'est l'hiver* »), peuplé de 6 298 000 habitants, dont 85 % de braves gens parlant une langue ressemblant à s'y méprendre à ce superbe idiome qu'est le français, et 15 % d'idiots qui s'obstinent à parler un patois laid appelé l'anglais. On notera encore que les habitants du Québec se nomment les Québécois et qu'ils sont très franchement minoritaires dans un pays également peuplé de vingt millions de connards : les Canadiens anglais. Les Québécois sont des gens fiers et travailleurs qui exportent un certain nombre de matières premières, dont le bois, le zinc, le cuivre et le Roch Voisine.

Comme on le sait, il est de bon ton, dans certains salons de la Vieille Europe, de se gausser de Roch Voisine. Il est vrai que son nom est assez drôle, mais sans plus, finalement. Roch, pour quelqu'un qui n'est pas vraiment un gars laid... Et Voisine, ce n'est pas pire que Lévy, par exemple, pour ne citer que ce nom propre très commun, et notamment commun aux inventeurs du *jean*, du structuralisme et de la pensée siliconée [1].

## *Toi Roch, Moi Groupie*

Or, donc, il se trouve que je fais partie des deux millions d'adolescentes poitrinaires qui adorent Roch Voisine. D'abord, parce qu'il chante bien, ensuite parce qu'il compose bien, et ce sera tout. Ces jours-ci, c'est chouette, Roch est en France. Il nous présente son nouveau *show*, ainsi que son nouvel album, un double album très finement baptisé *Double.* Un très beau double album partagé en deux parties sensiblement égales : onze chansons sur le « compact français », onze chansons sur le « compact anglais ».

1. Tout le monde aura reconnu les deux cousins à Strauss, et l'atroce Bernard-Henri, dit Riton, le célèbre aventurier de la philosophie détachable avec Arielle.

*Cabrel 91 revisited*

Sur l'excellent compact *français*, trois chansons qui sont autant de curiosités : *Darlin', Blue love Sue, Bye-bye*. À cette bizarrerie linguistique près, tout cela est vraiment du tonnerre. Sans rire, *Je l'aime à mourir* par Roch *(Until death do us part)*, c'est vraiment bien. Et *La berceuse du petit diable*, c'est épatant.

Encore deux mots sur le Québec, et plus graves. S'il est probable, quasi certain, que le dernier album du grand Richard Desjardins (*Tu m'aimes-tu*) sera prochainement distribué en France (le chanteur sera, cet été, aux Francofolies de La Rochelle), on n'en dira pas autant, hélas, de *Miroirs*, de Geneviève Paris. Cette jeune personne – pas si jeune puisqu'elle fut notre unique *guitar woman hero* dans les années 70, accompagnant notamment Julien Clerc et Maxime Le Forestier – cette jeune personne, disais-je, vit et chante au Québec depuis une dizaine d'années. Enregistré à Montréal, *Miroirs* est un album magnifique qui prouve définitivement que Geneviève Paris possède une des plus belles voix de France et d'Amérique, qu'elle compose avec intelligence, écrit avec sincérité, et n'a rien perdu de son superbe toucher de cordes. Geneviève était naguère sous contrat, chez Polydor, je crois. On attend.

# C'est pas du Levi-Strauss

*Les mauvaises langues prétendent que Gérard Manset est un peu suffisant. Même si c'est exact, c'est insuffisant. Examen rapide et cruel.*

Immense est Manset, dit-on, l'homme dont les chansons ressemblent tantôt aux vertigineuses constructions d'Escher, tantôt aux inquiétants monochromes de Klein, plus rarement aux visions de Giorgio de Chirico ou de Hopper, car on ne peut concevoir moins métaphysicien que ce musicien. C'est même – pour faire vite – le côté agaçant du personnage, cette absence d'épaisseur du texte, à moins que l'on ne prenne pour de la philosophie le charabia ésotérique-chic façon *Planète* qu'il nous sert depuis une bonne vingtaine d'années. Car avouons-le : c'est toujours un peu le même film, hein. De *Y a une route* à *Royaume de Siam* en passant par *Lumières*, c'est toujours le même exotisme un peu toc, toujours un peu le même livre, genre

*Guide du routard* rewrité par Marguerite Duras, avec plein de minauderies appuyées et d'assonances désopilantes, du style « *J'ai serré/ J'essaierai* », « *Qu'on vive/Convive* », et pourquoi pas « *Curare/Cul rare* » ?

Naturellement, ce ne sont que des réserves. Cependant, il est patent que Gérard Manset a beaucoup trop de talent pour prétendre éternellement nous fourguer toute cette verroterie de la pensée, cette bimbeloterie de la poésie, sans parler du commentaire lénifiant sur les affres de la création, la malédiction de l'artiste, genre « j'ai l'air beau quand je réfléchis, mais ça fait vachement mal au cerveau », entre Ubu, B.H.L. et Yves Simon, un tiers-mondiste, un tiers mondain, un tiers mon cul.

Cela dit, si l'on oublie ces rares restrictions, on écoutera ce dernier Manset avec un plaisir toujours renouvelé. Certes, ces *Tristes Tropiques* n'ont pas le charme léthifère de *Matrice*, l'album précédent, mais on s'en fout finalement, c'est du Manset, toutes les couleurs se confondent dans la nuit, on revoit pour la centième fois le même film mais on aime bien les acteurs [1].

---

1. Manset : *Revivre* CD, MC, LP. 796254 2/41.

# La SACEM paye
# les auteurs trinquent

*La musique a sept plaies, plus une : la plaie Bach. En revanche, la SACEM distribue le pognon quatre fois par an. Intéressant.*

Connaissez-vous les sept plaies de la musique ? Dans son *Abécédaire malveillant* (publié par le tonton de Vincent Lindon, l'acteur, celui qui a réussi dans la famille), Tony Duvert les a énumérées : l'enseignement, la presse, la radio, les mélomanes, le business, neuf interprètes et neuf compositeurs sur dix. Ce qui vaut pour la musique classique vaut aussi pour la musique dite de variétés, à de menues différences près. Ainsi, depuis la liquidation de *Paroles et Musique*, on peut considérer que le rôle de la presse musicale est pratiquement inexistant. Dans son œcuménisme postgauchiste, *Libé* s'est mis à aimer tout le monde, et plus un de ses papiers ne fera vendre quoi que ce soit… Au train où ils vont, dans six mois, ils encenseront Dorothée et Frédéric François. Et pourquoi pas ?

*Plus alcooliques qu'anonymes*

De toute façon, la critique musicale est un ramassis d'imposteurs, une mafia de sourdingues. Moi-même, je suis un peu dur de la feuille, et si je réussis à faire la différence entre Patrick Bruel et Florent Pagny, c'est uniquement grâce aux boucles d'oreilles. Sinon, je pédale dans le yaourt. Prenez Bob Dylan par exemple. Je voulais écrire quelque chose sur lui à propos du coffret d'inédits que CBS publie ces jours-ci. Je voulais dire des choses intéressantes, comme on en lit chez mes confrères, genre Bigot, avec plein de citations en anglais, ou encore genre Loupien ou Bayon, quand on y comprend rien parce que c'est trop malin pour nous. Je voulais. Et puis je suis parti à la Closerie des Lilas. Je me suis assis à la place d'Apollinaire, juste en face de Lénine, et j'ai commandé des boissons fortes. Des boissons d'homme. Après, j'ai pensé à ce vieux Zimmerman, à l'époque où on disait qu'il avait des actions dans les usines d'armement en Israël. Ah, le salaud ! me disais-je *in petto*. C'est alors que le professeur Touraine a traversé la salle et j'ai trouvé qu'il avait une bonne tête. Pour un con. Ensuite, Étienne Roda-Gil est arrivé avec une heure quarante-cinq de retard. « On boit un riquiqui ? » qu'il m'a dit (c'est ainsi qu'il surnomme les boissons d'homme). « Pas de refus », ai-je fait. Puis j'ai ajouté : « Est-ce que tu veux bien que je sois ton dauphin ? » « Pas de problème », il a dit. Alors nous bûmes à mon dauphinat. Tout cela coûta bonbon, mais nous nous en fichâmes *(sic)*, puisque nous étions le 5 avril, jour de répartition SACEM. Vous voyez ce que je veux dire ? Du reste, c'est un conseil que je donne à tous les fauchés qui me lisent : si vous voulez taper un auteur de renom, genre Roda-Gil, Barbelivien ou Gérard Presgurvic, postez-vous à la sortie de la Closerie ou du Fouquet's un 5 janvier, un 5 avril, un 5 juillet ou un 5 octobre. Personnellement, j'ai fait don de mes modestes droits aux Alcooliques Anonymes, qui sont quand même beaucoup plus nombreux que les alcooliques célèbres. Alors faites pas chier.

# La vie Lavilliers

*Lavilliers revient. Avec un album lumineux et cruel comme un sentier péruvien. Pour* L'Idiot, *en exclusivité, une vraie fausse critique.*

Ah, le beau disque que voilà ! Plein de bruits et de bruine, de cris et de crimes, d'œufs frits et de frime. C'est le grand retour de Bernard, dit « le Stéphanois », mais aussi le retour de Cendrars et de Maïakovski, avec un chouïa d'Hemingway et un zeste de Zavatta. Un disque âpre et cru, écrit au couteau et à la truelle, un disque d'homme, quoi. Intitulé « Au cœur du milieu du centre du monde », ce petit chef-d'œuvre s'ouvre sur un très émouvant *Recuerdo de Managua*, où le poète se penche sur le corps déchiqueté d'un *muchacho* assassiné par la *contra*, et verse des larmes de sang sur le vinyle gluant : « *Regarde, regarde, ma puce* », chante-t-il, « *les dégâts que font leurs obuces* » (licence poétique). Sur un rythme très enlevé,

*Pampa de mierda* conte la rencontre entre un gaucho ex-soixante-huitard et un écrivain aveugle et vaguement sénile. Dialogues de sourds.

Après la tragédie de la guerre et le drame de l'incommunicabilité, *Lettre à Lou* explore les mystères de l'amour : « *Un tramway descend vitement/Trouant la nuit de verre/Où va mon cœur en régiment…* » Putain, ça dégage, on dirait de l'Apollinaire. Ça dure vingt-quatre minutes, mais on ne s'emmerde pas une seconde.

La face B s'ouvre sur le très chouette *Plus fort que la muerte*, qui narre le drame d'une Arménienne naine engagée dans un cirque turc dont le directeur n'est autre que l'assassin de son grand-père, mais y a longtemps, là-bas en Erevan. Et en plus elle l'aime. D'où drame. L'amour sera-t-il plus fort que la mort ? Va savoir.

## *Les mots qu'il faut*

Après ce nouveau drame, une bouffée d'humour désopilant : *Fameuses mouettes à guano*. Un titre très « léonard-cohénien » pour une ballade à pisser par terre, où l'auteur raconte comment il a reçu une merde de mouette en pleine gueule, à Bornéo. Tu voudrais quand même pas que ce soit à Étretat ?

Rompant radicalement avec tout ce qui précède, *On the road no more* constitue une sorte de testament du poète assez sonné. À mi-chemin entre Villon et Kerouac. C'est-à-dire nulle part. Nous passerons rapidement sur le poignant *Sing-Sing song*, pour en arriver plus prestement à l'émouvant *Manille blues*. « *Ah, Manille est framboise…* », chante Bernard avec son lyrisme coutumier. Il nous dit là sa nostalgie des pittoresques parties de cartes avec ses amis du bar de la Marine. À Manille, bien sûr. L'album se clôt sur le puissant *Mon grand*, chanson sur la détresse des milliardaires grabataires de Palm Beach, Floride. Bernard a visité leurs luxueux mouroirs. Il a trouvé les mots qu'il faut pour exprimer la compassion qu'ils nous inspirent : « *Crève plus vite, salope !* » C'est beau.

## Oh, le peureux !

*Comment dit-on* Idiot international *en anglais ?*
*Fastoche. Et « chanson internationale » ?*
*On dit « english song », man !*

Aujourd'hui, *L'Idiot* voudrait dissiper un léger malentendu. À lire avec frivolité notre précédent numéro, quelques lecteurs ont cru comprendre que Bernard Lavilliers nous faisait marrer. Erreur. Il ne nous fait pas rire du tout. En fait, nos prétendues railleries n'étaient destinées qu'à hâter la sortie de ce putain de disque, paraît-il excellent. Si Bernard, dit « la teigne », veut nous prouver que son album n'a pas grand-chose à voir avec ce que nous en avons imaginé, qu'il nous le fasse écouter ! Et voilà comment on évite une volée qui ne l'aurait pas été...

## *I love you, I fuck you*

Lavilliers chante en français. Il a chanté en brésilien (plutôt bien), et en espagnol aussi, enfin, je crois. En anglais, pas que je sache. Et c'est tant mieux, merde. Car c'est quoi, cette nouvelle mode de balancer un ou deux couplets en anglais dans des chansons françaises ? Ça rime à quoi ? Jean-Jacques Goldman (*À nos actes manqués*), passe encore. Il y a chez lui un émouvant désir de s'effacer, de laisser la place, et c'est ainsi qu'il la cède à son vieux complice Michaël Jones (bon chanteur et parfait guitariste, école Mark Knopfler) et à la sympathique Carole Fredericks (ex-choriste), et c'est ainsi que ces derniers chantent quelques couplets dans leur langue natale. Mais Feldman ou quelques autres, qu'ont-ils besoin d'ajouter des âneries anglaises à leurs petites histoires plus ou moins écrites en français ? François Feldman, par exemple, il chante *J'ai peur*. C'est l'histoire d'un mec qu'a la pétoche, le trouillomètre à zéro. Sa gonzesse, c'est pareil, elle a les foies, mais comme elle s'appelle J. Jamison, elle dit : « *I am afraid* ». Pourquoi elle apprend pas le français ?

Pendant ce temps-là, comme ces salauds de socialistes nous refusent toujours une chaîne musicale, nous sommes condamnés à regarder MTV via le câble. Or, quels sont les chanteurs français qui passent sur MTV ? Goldman et Feldman… En 93, la chanson française aura fière allure. Elle dira des choses passionnantes comme *I want to slip with you* (« Je veux glisser avec toi »), alors qu'elle aurait pu raconter « *les petites filles qui te donnent tout/D'abord le bonsoir, et puis la main* », ou encore décliner tous les temps de la mélancolie, à la façon de ce voyageur harassé soupirant : « *Il n'y a plus que la Patagonie, la Patagonie qui convienne à mon immense tristesse.* » Pour que l'on puisse entendre encore des Lavilliers, en quelque sorte, il faudra bien faire taire les auteurs de *love you* et de *fuck you,* séides et nervis de cette Amérique arrogante, imbécile, ignorante.

# III

# CHRONIQUES, ARTICLES ET ÉCRITS DIVERS 1987-1992

« Les paroles vraies ne sont pas agréables ;
les paroles agréables ne sont pas vraies. »

Lao-tseu, *Tao-tö King.*

N'étant pas un religieux de moi-même, je ne me suis guère soucié, ces vingt dernières années, de conserver pieusement les divers articles et chroniques que j'ai pu écrire pour différents journaux. Le lecteur trouvera ici quinze textes qui ont survécu à cinq déménagements. À leur lecture, il découvrira avec stupéfaction (voire avec consternation) qu'il m'est arrivé d'encenser quelques-uns de mes contemporains. Certains le méritaient (Francis Cabrel, Richard Desjardins, Julien Clerc...), d'autres pas, au vu de ce qu'ils sont devenus (Patrick Bruel, Jean-Louis Murat). Peut-être me reprochera-t-on ma faiblesse pour Michel Sardou, mais peu me chaut. Peut-être ai-je été parfois injuste, mais jamais mon jugement ne fut calculé, voire réfléchi. Dans mes amours, dans mes désamours, dans mes émerveillements, dans mes écœurements, je me suis toujours montré d'une désarmante sincérité.

## Cabrel ou l'exil

Qu'est-ce que l'exil ? C'est « une école de vertige », nous dit Cioran. Le philosophe roumain sait de quoi il parle. Il énonce cette terrible évidence dans sa langue d'adoption, le français. Personne déplacée, homme du Sud-Ouest « monté » à Paris comme tant d'autres avant lui, Francis Cabrel ne démentirait pas cet aphorisme. L'exil, une école de vertige, mais aussi « une question d'équilibre ». Cabrel pense à tous ceux qui tombent – exilés, travailleurs immigrés, gens du voyage – et il les chante. Ce sont autant de portraits d'individus déracinés qui ont la peur du vide, la terreur du vertige. Ou il n'y a plus rien (plus rien ne ressemble à rien), ou les pistes ont été brouillées. L'exilé dans la grande ville vit *« dans une maison sans balcon, sans toiture »*, une maison qui n'est *« même pas une maison »* (F. Cabrel, *Répondez-moi*). Sous *« les nouvelles étoiles »*, l'Indien du lac Huron a perdu son chemin (*Le lac Huron*).

Gens de l'exil, gens de la souffrance de l'exil, mais aussi gens de la nostalgie du partir, gitans, vagabonds dont les yeux vagues semblent tendus vers les nuages de Baudelaire, *« les nuages qui passent là-bas, là-bas, les merveilleux nuages »*.

Tout cela forme un univers d'ombres violentes et de lumières douces. Reprochera-t-on à Cabrel – l'homme blessé – une trop grande simplicité, une trop grande joliesse d'écriture ? C'est vrai qu'il y a chez lui un petit côté Paul Géraldy, ce côté qui lui fait écrire *Je l'aime à mourir* ou *L'encre de tes yeux*, chansons pour jeunes filles en fleurs et amoureux transis. Se gausser de ces textes suaves, textes « mauves », ce serait avoir oublié *Carte postale, Leïla et les chasseurs, Saïd et Mohamed, Le temps s'en allait*... Cabrel est une sorte de poète, capable de la métaphore la plus forte comme de la comparaison la plus désuète. De toute façon, il vaut mieux écouter *« pousser les fleurs »* que ses cheveux longs, et collectionner *« les odeurs de l'automne »* plutôt que les boîtes de camembert (*Elle écoute pousser les fleurs*). Certaines niaiseries ont un charme indéniable.

*La mélancolie du rossignol*

La mélancolie procède de l'exil. Elle est comme le pressentiment d'un vaste oubli, comme l'oubli d'une vie antérieure qui était une vie heureuse. Elle est le lot du poète déraciné qui y puise sa vigueur et son style. Au point de n'avoir point le droit de s'habituer à son exil, et plus encore, de l'aimer. Il arrive, en effet, que le mal du pays vieillisse mal, que la nostalgie s'émousse, que la mélancolie se vide de son impalpable substance. Alors, le poète n'a plus rien à dire, ou il se met à bégayer. Nous ne sommes pas inquiets pour Francis Cabrel. Cet homme-là n'aura pas besoin de cultiver son accent pour le conserver ; et dans ses yeux de nomade, il gardera longtemps sa lumière du Sud-Ouest, cette lumière « noble et subtile tout à la fois, jamais grise, jamais basse [1] ».

Enfin, pour que cet hommage se morde la queue, comme mordent les chiens « aux yeux de glace », nous conclurons en citant cet autre aphorisme de Cioran : « Dans un monde sans mélancolie, les rossignols se mettraient à roter [2]. » Cabrel et les rossignols chantent, c'est bon signe.

---

1. R. Barthes, *Incidents*, Le Seuil.
2. E.M. Cioran, *Syllogismes de l'amertume*, Gallimard.

# Michel Sardou : l'exubérance du baroque

Dans l'éternel désert de la chanson française, que traversent régulièrement quelques géniaux Bédouins, Michel Sardou fait l'effet d'un excellent chamelier. Un homme qui sait mener sa barque, et sa caravane. Sardou est là depuis vingt ans, et rien n'indique que son succès puisse aller déclinant. Son savoir-faire, tout comme le savoir-faire d'un Revaux, son compositeur de prédilection, ou d'un Delanoë, coauteur d'une grande partie de ses chansons, n'explique pas tout.

Ce qui explique tout, c'est la « différence Sardou ». Parmi les chanteurs de sa génération, et de son poids, Sardou n'est comparable à personne. Ni à Johnny, légendaire pachyderme, ni à Mitchell, sympathique cinéphile, ni à Lama, Napoléon pour les intimes. Sardou est unique parce qu'il est le seul chanteur baroque que nous ayons. Et l'on sait que le baroque, c'est le pire et le meilleur… C'est le palais du Facteur Cheval, avec son enchevêtrement de formes, son foisonnement de styles, mais c'est aussi le pavillon de banlieue de Picassiette, avec ses tessons de bouteille et ses capsules de bière, une surabondance enjouée, mais d'un goût discutable.

Nombreuses sont les chansons de Sardou qui évoquent le fameux « chant de joie » du baroque. À les examiner, on y retrouve tout ce qui définit l'art baroque en littérature : la métaphore outrée, le vitalisme, le libertinage, la propension à l'envolée, la tragi-comédie, le mouvement à tout prix, les figures violentes, les contrastes, une formidable exubérance. Tout cela ne se retrouve nulle part ailleurs, chez nul autre chanteur. Tout cela fait de Sardou un artiste unique, qui occupe une place à part dans la chanson française. Une place au premier rang.

*Paroles et Musique*, janvier 1989.

# Michel Sardou : un « fainéant » avisé

Certaines légendes ont la vie dure. Ainsi, celle qui voudrait que Michel Sardou n'ait jamais écrit une seule de ses chansons, mais qu'il se soit contenté de les cosigner. La rumeur est d'autant plus risible que c'est tout le contraire qui est exact : à quelques rares exceptions près *(Comme d'habitude, Dessins de femmes*, *Aujourd'hui peut-être)* Michel Sardou a écrit toutes ses chansons. Certes, il les a écrites, pour la plupart, en collaboration. Mais le fait qu'il ait écrit seul certains de ses plus beaux textes (de *Je ne suis pas mort, je dors* à *Musulmanes*, en passant par *Je vole*, *Un enfant* ou *Vincent)* prouve suffisamment que Michel n'avait besoin de personne pour devenir Sardou.

Alors, pourquoi écrire à deux quand on peut le faire tout seul ? À cette question, Sardou répond, comme navré : par fainéantise. Maître d'œuvre de ses chansons, il a besoin d'être assisté par de bons ouvriers.

De bons ouvriers, il en a eu une dizaine. Comme on le sait, c'est Vline Buggy qui l'aida à devenir un chanteur populaire en lui faisant chanter des chansons qui n'avaient qu'un seul défaut : elles étaient un peu trop populaires. Avec Vline, Sardou écrivit quelques succès mémorables, tels *Les bals populaires*, *J'habite en France*, *Et mourir de plaisir*. Le créneau était bon, mais pas totalement du goût de Michel Sardou. Et c'est avec Pierre Delanoë qu'il fit le plus gros du chemin, écrivant avec lui ses chansons les plus controversées (*Les villes de solitude*, *Le temps des colonies*, *Les deux écoles*...), c'est-à-dire les plus mal comprises.

Parmi les collaborateurs « occasionnels », nous citerons Yves Dessca (*La maladie d'amour*), Claude Thibaut (*Je vais t'aimer*), Maurice Vidalin (*Danton*), Claude Lemesle (*Je veux l'épouser pour un soir*), sans oublier le regretté Pierre Barret (*L'an mil*) ou ce nouveau venu prometteur qu'est Jean-Michel Bériat (*La même eau qui coule*).

Restent enfin Jean-Loup Dabadie et Didier Barbelivien. Curieusement, la collaboration avec Dabadie ne fut pas une parfaite réussite, même si *Chanteur de jazz* ou *Tous les bateaux s'envolent* sont des textes plus qu'honorables. Mais l'on devine que Dabadie, coureur solitaire, n'a pas trouvé son compte dans ce travail collectif. Tout le contraire de Barbelivien, auteur prolifique mais plus régulier que Delanoë, qui semble, lui, parfaitement à son aise dans l'équipe Sardou. S'il cède souvent à la facilité, s'il use et abuse de l'image et de la comparaison, Didier Barbelivien peut aussi faire montre d'une infinie sensibilité, qui coïncide parfaitement avec celle de Sardou. Pour s'en convaincre, il suffit d'écouter (ou de lire) *Les bateaux du courrier*, *Rouge* ou *Si l'on revient moins riches.*

Par fainéantise et par pudeur, Sardou écrit à quatre mains. Mais l'unité de ton qu'on décèle dans ses chansons montre qu'il ne s'en laisse pas conter par des collaborateurs qu'il choisit très judicieusement. Et savoir bien s'entourer, n'est-ce pas là, comme on dit, le talent d'un vrai chef ?

*Paroles et Musique*, janvier 1989.

# SARDOU, L'HOMME TRANQUILLE

Qui a peur de Michel Sardou ? C'est pas moi, c'est pas nous. L'index de l'ex-Fouquier-Tinville de la chanson n'accuse plus, et sa main caresse les cheveux d'un enfant. Le *Dies irae* peut gronder dans un Bercy bondé, ce n'est pas un jour de colère pour ce Sardou du Bicentenaire. Bien sûr, c'est toujours la même eau qui coule, mais ce n'est pas le même fleuve. Du 11 au 29 janvier, c'est un fleuve en crue qui s'est déversé sur plus de deux cent mille spectateurs.

Force est de reconnaître que la force est avec Sardou, dont le spectacle est d'une qualité rarement atteinte. Par la magie de Rouveyrollis, des traits de lumière dessinent des apocalypses (*L'an mil*), des halos orangés décrivent des moiteurs tropicales (*Afrique adieu*), et des milliers de petites étoiles illuminent la longue nuit de *Vincent*. Le public est sage – trop sage, peut-être. S'il s'enflamme aux rythmes cadencés du *Connemara*, il ne se laisse pas embarquer dans *Les bateaux du courrier*, ce qui est bien dommage. Mis en scène par Hossein, le tableau final est d'une idéologie et d'une esthétique discutables, mais on ne va pas mégoter pour si peu. Sardou 89 : un grand fleuve qui emporte tout, même nos rares réticences.

*Paroles et Musique*, janvier 1989.

## Sardou l'hérétique

Michel Sardou n'a pas eu de chance : il rêvait d'entrer à la Comédie-Française, mais, à 20 ans, c'est à l'Olympia qu'il entra. Vingt ans après (ses premiers grands succès : *J'habite en France*, *Les bals populaires*, *Et mourir de plaisir*, remontent à 1970), Sardou est premier partout. Un Bercy bondé, une tournée triomphale, un dernier album (*Le Successeur*) déjà vendu à plus de 700 000 exemplaires. Vingt ans, juste le temps d'arriver à la quarantaine sereine, le temps de quatre enfants, de quelques remises en question, de deux cent vingt-six chansons et de soixante millions de disques vendus – un par habitant de la communauté francophone européenne.

Avec sa voix comme un torrent, sa voix qui gronde ou qui caresse, avec sa manière de ne pas mâcher ses mots, Sardou aura traversé son époque sans autre anicroche que le procès en sorcellerie qui lui fut intenté en 1977. En mal de guerre du Viêtnam, les derniers gauchistes voulaient alors

« brûler Sardou ». Aujourd'hui, c'est Sardou qui voudrait brûler, mais sur scène, dans le rôle de Giordano Bruno, cet autre hérétique. Le projet est à la mesure de cet artiste difficile, un tantinet provocateur, qui déplaira toujours à nos divers ayatollahs. Car, fort heureusement pour lui, Michel Sardou a encore quelques ennemis, quelques journalistes issus, pour la plupart, de la « gauche caviar », ces journalistes qui caviardent gauchement les propos des gens qui ne leur plaisent pas. Au lieu de prêter à Sardou des pensées qui ne sont pas les siennes, pourquoi n'écoutent-ils pas *Carcassonne*, *Les bateaux du courrier*, *La vieille*, *Le mauvais homme*, *Un enfant* ou *Vincent* ?

Eh oui, il a tout, Sardou – la voix, le geste, la musique, le texte. Le texte, c'est lui, pour l'essentiel. La musique, c'est Jacques Revaux, musicien-sorcier aussi doué que discret. Ensemble, ils ont écrit les chansons les plus traditionnelles (de *La maladie d'amour* à *La même eau qui coule*), mais aussi les plus novatrices (de *L'an mil* à *Musulmanes*). Tandis que Revaux montrait qu'il pouvait « casser » la mélodie classique, faire d'une chanson un long cri, une plainte ancestrale, Michel Sardou écrivait des chansons-tableaux (*Musulmanes*, c'est un Gérôme ou un Delacroix) ou s'essayait avec succès à l'écriture automatique (*Le Paraguay n'est plus ce qu'il était*).

Cette recherche constante, ce goût du risque, ce refus du confort, tout cela nous permet de penser que Sardou est encore là pour quelques années. À moins qu'il ne décide de passer la main. Mais à qui ?

*L'Événement du jeudi*, 27 avril au 3 mai 1989.

## SARDOU 66 : NOUVEAUX ENREGISTREMENTS

C'était en 1966. Michel Sardou avait 19 ans et déjà bien du talent. Tellement de talent qu'il allait bientôt devenir la bête noire de la fraction la plus maladroite de l'intelligentsia de gauche. Il avait 19 ans, il était provocant, il avait une voix semblable à nulle autre et il chantait les amours impossibles, les villes improbables et les petits gars de Géorgie venus mourir en Normandie ou au Viêtnam. Malgré ces débuts prometteurs, Barclay n'allait pas tarder à lui rendre son contrat pour « insuffisance de résultats »... Vingt-trois ans après, Michel Sardou a réenregistré (entièrement au sinclavier, hélas !) dix titres de sa jeunesse, dix titres inégaux interprétés avec un bonheur inégal. Il y a le bonheur des découvertes (*Le centre du monde*, *Les dessins*, *Je ne t'ai pas trompée*) et celui des redécouvertes : *Petit*, que Sardou chante avec un étonnant lyrisme, *Si j'avais un frère*, simplement belle, et, surtout, *Nous n'aurons pas d'enfant*, que Michel termine a cappella, avec moins de souffle, cigarette aidant, mais avec une humanité résolument moderne. Et puis, il y a ces *Ricains*, si décevants... Ah, *Les Ricains*, ce monument du protest-song français ! Chantée un ton en dessous, la version 89 ne remplacera jamais la brutale et dylanienne version de 66. Ces nouveaux enregistrements constituent donc un peu plus qu'une curiosité. S'il en était encore besoin, ils prouveraient que Sardou aura été, quoi qu'il advienne, un des artistes majeurs de cette seconde partie du XXe siècle.

*Paroles et Musique*, 1989.

## Jean-Louis Murat, le rêveur masqué

Voilà Jean-Louis Murat, avec ses textes d'une inquiétante étrangeté, ses petites musiques obsédantes et ses beaux yeux qui ne trompent pas. Et voilà que le succès vient à Murat, après bien des années d'errance.

Avant même de l'écouter, regardez-le sur la pochette de son album, *Cheyenne autumn*, tel que Jean-Loup Sieff l'a saisi. Tout l'artiste est déjà là, rêveur armé de la patience du pêcheur (l'anagramme de Murat, n'est-ce pas *traum*, « le rêve » ?), sphinx attentif attendant de partout la révélation des choses.

Rencontrer Murat, cela ne déçoit pas. Il est assis devant vous, il vous regarde et l'on sait qu'il n'a pas écrit pour rien : « Il y a plus, en vérité, dans mes chansons, que je n'en sais sur moi-même. » Alors, on lui parle de Gide qui commençait ainsi *Paludes* : « Avant d'expliquer aux autres mon livre, j'attends que d'autres me l'expliquent. » Et Jean-Louis sourit, puisque c'est par Gide qu'il est venu aux mots. « C'est en 3e, je crois, qu'un professeur m'a fait découvrir André Gide. Un jour, il m'a donné *Corydon*. Ce fut une révélation. » Comme en écho à son « Familles, je vous hais », Murat chante : « *Je déteste pour toujours les familles/Plus tard je donnerai mes raisons/Aujourd'hui je suis un garçon/Qui maudit les filles.* » Plus tard, il les donnera. En attendant, il veut bien parler de Clermont-Ferrand.

« Je ne suis pas de Clermont-Ferrand. Les journalistes simplifient. Je suis de la campagne, du côté de La Bourboule. Par commodité, j'habite Clermont-Ferrand, mais je ne suis pas particulièrement attaché à cette ville. Je ne suis attaché qu'à l'Auvergne. » Et Paris ? « Je n'aime pas Paris. J'ai été élevé par mes grands-parents, qui étaient paysans, dans la haine du Parisien. Je ne vous aime toujours pas. »

Et Manset, aux climats parfois si proches, est-ce qu'il l'aime, et qu'en pense-t-il ? « Je n'en pense rien. Je l'ai rencontré, j'ai failli travailler avec lui. Notre rencontre a été une catastrophe. J'en garde un souvenir effroyable. Bien sûr, j'ai tous ses disques, j'aime ce qu'il fait, mais je n'aime pas trop ce qu'il est. » À l'évidence, il n'en dira pas davantage. Et qu'aime-t-il chez Tarkovski, dont la voix résonne à la fin de *Cheyenne autumn* ? « Tout. Mais surtout, sa religiosité. »

Jean-Louis écrit, Jean-Louis compose. « Mais pour moi, dit-il, les musiques, les sons, c'est moins important que les mots. Moi, je ne chante pas vraiment. J'essaie de porter un langage poétique. » Épuré à l'extrême, *Cheyenne autumn* témoigne de ce choix. Peu d'instruments, une rythmique d'une discrétion exemplaire. « Ce qui m'importe, c'est la qualité de l'émotion. J'ai donc privilégié le travail de la voix. » Et il promet d'aller plus loin, de se dépouiller toujours davantage, jusqu'à ce qu'on écoute ses textes. Écoutons Murat : « *Je jette une orange/Vers l'astre mort/Quand s'éveille l'ange/Dans mon pauvre corps/J'arrache les pierres/Aux murs épais/Du tombeau de terre/Où tu m'as jeté.* »

Un jour, on trouvera les clefs ouvrant ses portes sans serrures. En attendant, on le regarde sourire, puis on s'en va songeur, avec au cœur la nostalgie de ces *Paradis perdus* qu'il nous chante : « *L'âme est impénétrable/Vois ces vies d'amour gâchées/La lame rouge des sabres/Fouille l'éternité.* »

*Paroles et Musique*, 1990.

# Patrick Bruel sans filet

*En dix ans et une quinzaine de films (du* Coup de sirocco*, qui l'a révélé, à* L'Union sacrée *et à* Force majeure*, qui l'ont définitivement imposé), Patrick Bruel a prouvé qu'il était, suivant l'expression consacrée, « un des meilleurs acteurs de sa génération ». Mais il est aussi chanteur, ce qui en indispose quelques-uns. Le voici de retour avec un bon album,* Alors regarde. *Il en parle ici, et plutôt bien.*

Thierry Séchan : Mener de front deux carrières, est-ce bien raisonnable ?

Patrick Bruel : Je n'en sais rien. Tout ce que je sais, c'est que j'aime autant la chanson que le cinéma. Alors pourquoi choisir ? Ces deux métiers me sont autant indispensables l'un que l'autre, même si c'est au métier de chanteur que je dois les plus grands moments d'émotion de ma vie, ces moments vécus à l'Olympia, il y a deux ans. Pour l'instant, cette double activité ne me pose qu'un problème : celui de l'organisation de mon temps.

T.S. Vous avez quitté Polygram pour BMG. Quel est votre plan de carrière ?

P.B. Je n'ai pas de plan de carrière, mais je suis conscient des excès et des erreurs que j'ai pu commettre ces dernières années. C'est vrai qu'on m'a « surexposé ». Ces erreurs, je n'ai pas l'intention de les refaire.

T.S. Comment vous situez-vous dans la chanson française ?

P.B. Dans la nouvelle génération, j'ai du mal à me situer. Sinon, j'ai une famille d'influence : Souchon, Renaud, Cabrel, Goldman, Julien Clerc, Michel Berger…

T.S. Parlons de votre album. New York, Toulouse, Mick Lanaro, Philippe Saisse : vous avez voulu appliquer la recette de Nougaro ?

P.B. Non ! C'est un pur concours de circonstances. Lanaro, je l'ai choisi parce que j'avais adoré ce qu'il avait fait avec Sheller et avec Lavilliers. New York, c'est ma ville depuis toujours, je m'y sens bien. Et Toulouse, c'est à cause de Mick ; il voulait qu'on fasse le disque à Polygone. On a transigé : moitié à New York, moitié à Toulouse. Quant à Philippe Saisse, je le connais depuis longtemps. Au départ, on l'a engagé comme musicien ; à l'arrivée, il a fait tous les arrangements de cuivres et de claviers.

T.S. Vous signez toutes les musiques de votre album. Pour les textes, vous avez collaboré avec Gérard Presgurvic et Bruno Garcin. Si vous nous en parliez ?

P.B. Bruno Garcin m'a écrit *Place des grands hommes* et j'ai travaillé avec lui sur *Dors*. Quant à Presgurvic, c'est plus qu'un collaborateur, c'est un ami, c'est un frère, c'est quelqu'un que j'admire profondément. Sans lui, *Casser la voix* n'aurait pas eu le quart de sa force. Il m'a énormément aidé.

T.S. La chanson *Alors regarde*, c'est un plaidoyer pour l'engagement ?

P.B. Le texte me semble assez clair. On n'a pas le droit de fermer les yeux sur ce qui se passe autour de nous. Et on n'a pas le droit non plus de me dire que « c'est pas mon rôle de parler de tout ça ». Moi, je déteste la neutralité, je déteste le vote blanc. Je ne veux pas me taire. Je veux crier.

*Paroles et Musique*, janvier 1990.

# La nostalgie, camarade

C'était dans les années lumière, années poussière, les années 68 et après. Nous avions 20 ans, nous étions des mystiques qui ne croyaient à rien, aussi écoutions-nous religieusement Julien Clerc. En ce temps-là, ses chansons étaient nos cris de guerre, elles étaient nos plaies et nos baumes, nos larmes et nos bannières dont nous faisions des mouchoirs. À quatre heures du matin, sous le regard fané des fleurs des gares, nous guettions les grands trains qui nous emporteraient loin de la nuit. L'aurore ravivait notre désespérance enchantée, et l'on chantait en glissant sur les trottoirs mouillés : « *Je t'aime crème, je t'aime noir/Je t'aime jusqu'au dernier comptoir.* » En ce temps-là, nous parlions avec les mots de Julien, nous vivions avec sa flamboyance altière. Je me souviens : « *Et dans ce monde où tous les hommes se croient debout/Je suis le seul à me vanter de me traîner à tes genoux.* » Plus tard, nous vieillîmes forcément, nous eûmes 30 ans, et sans vraiment y croire, nous dîmes :

« *Je suis content, bonsoir.* » Puis, dans un murmure, nous ajoutâmes : « *Ceux qui regardent en arrière/ Ne voient que de la poussière.* » Mais c'était de la poussière d'étoile, de la poussière d'ange.

Après, bien sûr, nous changeâmes et Julien changea, de maison de disques, de femme et même de parolier. Autant son changement de belle et de label nous indifféra, autant son divorce avec Roda-Gil nous affecta. Nous, ses premiers vassaux, fiers paladins au verbe haut, nous ne pouvions admettre que son sacre vînt si tardivement, avec des chansons *qui n'étaient pas lui.* Comme si celui qui n'avait vu qu'une fois la fille de la véranda pouvait se soucier d'une fille aux bas nylon ! Comme si l'adolescent au cœur volcan avait pu devenir un homme au cœur de rocker ! Nous fûmes quelques-uns, alors, à fonder une secte cruelle au nom gentil : le club des patineurs, en souvenir de celui qui, sur un grand lac, un lac gelé, sur une jambe patinait. Des années après, le trésorier partit avec la caisse et l'on comprit que Roda n'avait jamais existé que par Julien, tandis que Julien vivait encore avec David McNeil et Jean-Loup Dabadie. *Le cœur trop grand pour moi, À son cou, à ses genoux, Ma préférence, Aime-moi* et *Les aventures à l'eau*, ce n'était pas rien.

Voilà. Vingt et un ans, déjà. Nous sommes toujours sur le quai à guetter les grands trains, la voix de Julien Clerc nous fera faire encore un bout de chemin.

*Paroles et Musique*, juin 1989.

## KASHTIN, « LA TORNADE »... LA VOIX DE TOUT UN PEUPLE

Ils sont deux, mais ils sont mille. Ils s'appellent Florent Vollant et Claude McKenzie, ils sont Kashtin, « la tornade », mais ils sont aussi la voix de tout un peuple, le peuple innu. Innu, cela signifie « les hommes », et c'est ainsi que ces Indiens s'identifient eux-mêmes, tandis que les Blancs les désignent sous le nom de Montagnais.

Florent Vollant et Claude McKenzie viennent tous deux du nord du Québec, le premier de Schefferville, le second de Maliotenam, réserve indienne de 1 200 âmes (le mot sonne assez juste) située sur la rive septentrionale de l'embouchure du Saint-Laurent, aujourd'hui célèbre pour son festival Innu Nikamu (« L'Indien chante ») qui rassemble chaque année des milliers d'Indiens d'Amérique. C'est à Maliotenam, précisément, que le duo Kashtin s'est formé, il y a cinq ans.

*Étrange rencontre… en montagnais… langue aux sonorités généreuses*

Étrange rencontre que celle de Florent Vollant, trente ans, bon père de famille attaché à son clan, bien enraciné dans sa terre natale, et de Claude McKenzie, vingt-deux ans, grand gamin rieur qui apprit son métier de chanteur à la rude école du métro de Montréal. « Quand tu ne sais rien faire d'autre, dit Florent, tu fais de la musique, tu chasses un peu, tu pêches un peu. C'est comme ça chez nous. » Chez eux, on s'exprime encore en montagnais, une langue qui n'est plus parlée que par une dizaine de milliers de personnes. Pourtant après avoir longtemps chanté en français et en anglais, les langues des conquérants, Vollant et McKenzie vont se mettre à écrire en montagnais. Et cette langue aux sonorités généreuses va séduire les Québécois, puis les Français, avant de faire le tour de cette grande réserve qu'est la planète Terre.

*Les valeurs du peuple innu… Le partage, la générosité, la tolérance et le respect de la nature*

D'une belle simplicité, les chansons de Kashtin exaltent les valeurs du peuple innu que sont le partage, la générosité, la tolérance et le respect de la nature. Chroniques de la vie ordinaire au pays des montagnes, des grands lacs, des forêts de sapins et des neiges obstinées qui polissent toutes choses de novembre à mai, ces chansons disent les chagrins et les rires d'un peuple digne dans l'abaissement, fier dans le dénuement. Toujours mélodieuses, les musiques de Vollant et de McKenzie s'inscrivent dans le grand courant actuel du métissage culturel.

Programme du Théâtre de la Ville,
du mardi 6 au samedi 10 novembre 1990.

# RICHARD DESJARDINS :
## UN VOLEUR DE FEU

Les gens comme Richard Desjardins, il ne faut jamais les rencontrer, ou alors ils ne vous lâchent plus, vous les avez à vie dans le cœur. Car Desjardins n'est pas un chanteur, bien évidemment, mais un voleur de feu, dont les chansons descendent dans la rue comme une émeute. Cet homme-là est originaire de Rouyn-Noranda, ville minière située à l'ouest du Québec, à la frontière de l'Ontario, et plus exactement située en enfer, comme il le chantera : « *J'entends la fonderie qui rush/Pour ceux qui l'savent pas/On y brûle la roche/Et des tonnes de bons gars* » (*... Et j'ai couché dans mon char*). Cette naissance à Rouyn-Noranda, comté d'Abitibi, a définitivement marqué la vie et l'œuvre de Richard Desjardins, protecteur des Amérindiens (« ces gens-là ont tout perdu ») et farouche adversaire des grandes compagnies qui pillent et détruisent lentement son pays. Il faut l'entendre parler avec rage de sa fonderie de cuivre, la plus grande du monde, avec ses deux énormes cheminées qui, depuis 1925, crachent dans le ciel une tonne de soufre à la minute…

### *Un « bum-poète »*

Qualifié de « performer-poète » par la critique québécoise, Richard Desjardins est aussi un « bum-poète », un poète voyou, voyant, un grand témoin (à charge) de notre temps, qui nous chante et nous dit (car c'est un prodigieux « diseur », un formidable acteur) les amours et la vie des hommes d'aujourd'hui, dans une langue somptueuse. C'est avec le groupe Abitibi que Desjardins fit ses premières armes, en 1975. Sept ans durant, il travaillera avec cette formation, apprenant son métier de chanteur et d'auteur comme il faut l'apprendre, c'est-à-dire sur le tas. En 1980, Abitibi enregistre l'excellent *Boomtown Café*, puis c'est l'éclatement du groupe. Dans les années qui suivent, notre « chroniqueur du réel » – comme il s'est lui-même défini – compose pour le cinéma, avant de revenir à la chanson, en 1988, avec *Les Derniers Humains*, un album aux textes graves, d'une écriture serrée, où s'enchaînent des images d'une beauté convulsive. C'est le temps des *Yankees*, chanson d'une violence hautaine que seul le Dylan de *Masters of War* avait atteint jusqu'ici.

« Tu m'aimes-tu... » *La consécration*

Enfin, en 1990, ce sera la consécration, avec *Tu m'aimes-tu*, chef-d'œuvre absolu, salué par la critique, plébiscité par le public. C'est un Desjardins maître de son art, toujours rageur, toujours railleur, mais aussi maître d'amour et d'humour que l'on découvre alors. Jamais son écriture « métissée » (où *ange* rime avec *lounge* et *high* avec *bétail*...) n'a été aussi puissante, jamais ses images n'ont été aussi bouleversantes (« *Dehors, j'ai vu un ciel si dur/Que tombaient les oiseaux* »), jamais sa voix n'a été aussi poignante, cette voix qui va chercher les graves dans les tréfonds de l'humanité souffrante et les aigus dans les limbes des enfants perdus. Voilà l'homme que la France va découvrir et nécessairement aimer.

Programme du Théâtre de la Ville,
11, 14 et 15 février 1992.

## La murge

« Tu t'es vu quand t'as bu ? » Voilà tout ce qu'ils ont trouvé pour nous culpabiliser, ces salauds de sobres ! Comme si l'homme à jeun était beau à voir ! L'homme à jeun est à l'homme éméché ce que le manchot est au phénix : un oiseau sans ailes, tandis que tous les ivrognes sont des aigles royaux. Du reste, ne dit-on pas : un kir royal ?

L'alcool donne une jolie voix. La preuve : Patrick Bruel ne boit pas.

Pendant que l'homme est au bistrot, il ne fait pas la guerre. Plutôt un canon de beaujolais qu'un canon de 75, telle est notre devise. On est comme ça, nous autres : pacifiques.

Problème de robinets : prenez 2 Léotard, un François et un Philippe. Mettez-en un à l'eau minérale et l'autre à l'eau-de-vie. À votre avis, lequel des deux sera l'abruti ?

Les bistrots sont les derniers salons où l'on cause et l'on écrit. En argot, boire à crédit se dit :

« marcher au crayon ». On est des poètes, nous autres.

Si tous les pochtrons sont des poètes, ce n'est malheureusement pas réciproque. Ainsi, Péguy, Valéry et Saint-John Perse ne buvaient pas. Et ça se voit.

« Je ne suis pas un écrivain qui boit, je suis un buveur qui écrit », disait Antoine Blondin. Il est mort, ça me déprime. Je vais aller m'en jeter un.

Préface à la bande dessinée *La Murge*,
de Ptitluc et Kris Person.

## Bribes

Le bonheur court, le malheur marche.

Trop de nuits à m'user
Sans jamais m'amuser.

Il y a un homme qui marche sur la plage. Si c'est un homme, ce n'est pas une plage.

Poète. Il n'y eut que Rimbaud pour mériter cette écharpe de fou. Tous les autres ne furent que des versificateurs ou des apologistes du désastre.

Jamais deux choses en même temps. Moi, je lis Dostoïevski en me brossant les dents. Je suis un mauvais exemple pour les enfants.

J'ai les chevau-légers, mais je n'ai pas l'armée lourde.

Tout me tue
Tout me blesse
Chien perdu
Qui jamais
Ne voulut
De laisse.

Jeune fille qui traverse
Le pont de bois.
Papillon s'envole.

# IV

# LA CHANSON POPULAIRE FRANÇAISE 22 MARS 2000

« Un critique ne doit jamais hésiter à se rendre ridicule. »

Jean Paulhan, *Le Bonheur dans l'esclavage.*

J'aime bien Jean-Marie Rouart, l'homme discret, le journaliste avisé et l'écrivain sensible (de l'Académie française). Du temps qu'il dirigeait *Le Figaro littéraire*, mes ouvrages y furent toujours encensés. Fort heureusement, son récent remplacement par Angelo Rinaldi (également de l'Académie française) n'a rien changé au traitement de faveur que ce journal dit de droite m'a toujours réservé. Je me souviens avec émotion de ce jour de septembre 2003 où ma photo en couleurs figura en première page du quotidien. Mon premier roman, *La Levantine*, ayant été sélectionné parmi les dix meilleurs romans de la rentrée littéraire, j'avais eu droit à une belle photo de groupe ainsi légendée : « Les jeunes espoirs de la rentrée. » Moi, un *jeune espoir* ! Merci, Jean-Marie ! Merci, Angelo ! Certes, le « jeune espoir » ne vendit *que* six mille exemplaires de son premier roman… mais qu'importe ! J'étais le plus beau sur la photo !

Au début de l'an 2000, Jean-Marie Rouart me proposa de participer à un colloque très huppé, colloque annuellement organisé par la fondation Singer-Polignac qu'il coprésidait avec Marcel Schneider.

Cette année-là, le thème abordé par les conférenciers était : « Ce qui va disparaître. » Tandis que Marc Lambron nous parlerait du service militaire, Gonzague Saint-Bris nous causerait de la disparition des veillées. « Spécialiste », bien malgré moi, de la chanson française, il me fut demandé de disserter sur sa prochaine disparition. Voici l'allocution que je prononçai le 22 mars 2000, devant un public trié sur le volet, dans un majestueux salon de l'hôtel Singer-Polignac. Les neuf discours prononcés ce jour-là furent publiés sous le titre *Ce qui va disparaître*, en mai 2001, aux Éditions de la Bouteille à la mer.

# La disparition de la chanson populaire française

Je voudrais évoquer ici une hypothèse : la disparition de la chanson populaire française. En précisant aussitôt que je n'ai aucune connaissance particulière de la chanson populaire française. En disant cela, au risque de décevoir, je veux dire que je me méfie un peu de ceux qui *connaissent*. Que connaît-on vraiment, à part deux ou trois choses que nous savons ? Disons que je serais plutôt du côté du sentiment (pas les « bons sentiments » qui font les mauvaises chansons, mais au sens de : J'ai le sentiment que...), du sentiment et de l'émotion, parce qu'il n'y a pas de fausse émotion, il n'y a que de l'émotion vraie, aussi navrante soit-elle. Je vais donc évoquer ici le fantôme de quelque chose que je prétends ne pas connaître, mais que j'aime suffisamment pour oser en parler : la chanson populaire française.

Une anecdote me fera mieux comprendre. À un journaliste qui s'émerveillait de la diversité de ses activités artistiques, David Bowie répondit à peu près – c'est moi qui traduis – : « Eussiez-vous préféré que je ne fusse qu'un chanteur ? Le problème, cher monsieur, c'est que je ne suis pas un *spécialiste*, mais un *généraliste.* » À cette lumière tamisée, je vous dirai, si vous souhaitez connaître la vérité, quelques mots sur une disparition annoncée.

## *Vient de disparaître*

« À paraître », écrit-on parfois à propos de livres qui ne paraîtront jamais. De la même façon, on pourrait écrire « À disparaître » à propos de choses qui ne disparaîtront jamais. Car voilà le grand secret : la chanson populaire française a disparu, et elle ne disparaîtra jamais.

*Longtemps, longtemps, longtemps* – trois fois « longtemps » – *après que les poètes ont disparu* – vous aurez noté l'indicatif –, *leurs chansons courent encore dans les rues.* À l'heure où j'écris, Charles Trenet serait toujours vivant, mais aurait-il disparu que sa chanson courrait encore longtemps dans les rues. « Longtemps, longtemps, longtemps. » Car si les poètes passent, leurs chansons demeurent, elles traversent le temps, traînant dans les rues, courant dans les ruisseaux, petits bateaux insouciants que, toujours, un enfant ramassera. Alors, bien sûr, à ce compte-là, la chanson populaire française jamais ne disparaîtra. Puisqu'elle est ancrée dans la terre de France et voyage dans le ciel de France. *La-la-la, mine de rien/La voilà qui revient, la chansonnette*, chantait naguère Yves Montand, grand interprète et piètre politique de la seconde partie du XXe siècle. Mais il est vrai que les chanteurs qui se trompent de voie sont innombrables. Comme les feuilles mortes de Prévert et Kosma, ils se ramassent à la pelle.

Feuille morte toujours vivante, la chanson tourbillonne dans le vent. Et le vent tourne au nord, et le vent tourne au sud, et le vent reprend ses tours. Et la chanson s'en va, et la chanson revient. Et Roda-Gil écrit pour Julien Clerc : « *Ce n'est rien/Tu le sais bien/Le temps passe/Ce n'est rien/Tu sais bien/Elles s'en vont comme les bateaux/Et soudain/Ça revient…* » Ce ne sont pas les femmes qui partent et qui reviennent : ce sont les chansons. Alors, si toujours il y a un refrain, quelques couplets plus ou moins anodins, une chanson libertine, une chanson clandestine, une ballade pour aimer, pour gémir ou pour mourir, un chant de guerre, un chant de paix, de quoi devrait-on s'inquiéter ? Même si, un jour, le monde devait s'arrêter, ne sait-on pas qu'en France, tout finit par des chansons ? Ce qui est *à la fin* verra disparaître tout ce qui précède avant de disparaître. Peut-être y a-t-il tout de même un problème.

Le problème, c'est le problème du vivant. La chanson *vivante* a besoin, pour continuer de vivre, de se nourrir d'autres chansons, chansons douces qui la renouvellent, l'épurent, la fortifient, et ainsi la pérennisent. Or, depuis… disons, vingt ou trente ans, nous n'avons pour ainsi dire plus de chansons en France. Jamais nous n'avons eu autant de chanteurs, et jamais nous n'avons eu aussi peu de chants. *« Je vous parle d'un temps/Que les moins de vingt ans/Ne peuvent pas connaître »*, chante Aznavour, l'autre Charles de la chanson. C'est comme le 14 juillet 1789 sur l'agenda de Louis XVI, la chanson depuis 1980 : c'est *Rien*. Rien, il ne s'est rien passé, il ne se passe rien, et j'ai la mauvaise impression qu'il ne se passera plus rien. Qu'on le veuille ou non, la dernière vague de chanteurs populaires français à monter à l'assaut du ciel, à tenter d'atteindre le firmament des étoiles, cette dernière brigade a jailli des barricades de mai 68. Car je ne parle ici que des chanteurs populaires de qualité, susceptibles de laisser quelques traces, bien entendu. Je ne vois pas pourquoi je vous parlerais de Patrick Bruel ou de Florent Pagny, d'Étienne Daho ou de Patrick Fiori. Je parle ici de Maxime Le Forestier, Alain Souchon, Julien Clerc, Renaud, Francis Cabrel, par exemple, quoiqu'ils aient tous d'excellentes raisons de nous agacer. Qu'importe.

Seules comptent les chansons. *San Francisco*, c'était joli. *Allô, maman, bobo*, c'était joli aussi. Et *Souffrir par toi n'est pas souffrir*, c'était simplement beau. Des chanteurs venus du temps des *Mistral gagnant*, et donc des chanteurs un peu *Hors-saison.* Pas le printemps de la chanson. Pas encore l'hiver. L'automne. Le crépuscule de la chanson.

Et depuis, depuis… Rien. De la fureur et du bruit. Des chanteurs « formatés » – comme ils disent –, une Ophélie Winter (là, c'est carrément l'hiver) et un M.C. Solaar qui revisite Gainsbourg sans le génie de Gainsbarre, un Pascal Obispo (anagramme de Pablo Picasso, mais alors dans sa période incolore), un Pascal Obispo, disais-je, qui se prend pour Michel Polnareff, lequel ne se prend plus pour personne, ne sachant plus qui il est, et puis d'autres, hélas. Tant d'autres. Des concepts : Louise Attaque – ah, très bien, mais qui et à quelle heure ? – ou encore M – une trouvaille, celui-là, c'était bien la peine d'être le petit-fils d'Andrée Chédid – et je sais que Carlos est le fils de Françoise Dolto, mais lui, au moins, il aime la fête, la vraie. Pas forcément la fête de la musique, mais il est vrai que celle-ci ressemble de plus en plus à la fête *à* la musique.

Depuis, rien, disais-je. Juste la mort programmée de la *bonne* chanson.

## *Le petit baccalauréat*

« *J'ai dix ans...* », chantait Souchon. Le problème, quand on a dix ans en l'an 2000, par exemple, mais j'aurais pu dire vingt ans, c'est qu'on est *empoisonné* par la chanson, mais totalement ignorant de son mal. Parce qu'on leur dit qu'il n'y a pas autre chose, que ce n'est même pas la peine de chercher. Et parce que jamais, depuis Charlemagne, la chanson – ou ce Canada Dry appelé chanson – n'a été aussi présente, dans les écoles et donc dans les cerveaux, qu'aujourd'hui.

N'étant pas un *maître à chanter*, et moins encore un observateur impartial du paysage musical français, je m'autoriserai une petite histoire personnelle, qui devrait illustrer, mieux qu'un long discours, mes propos défaitistes. J'ai une fille de onze ans nommée Lou. J'ai aussi une filleule de neuf ans nommée Sarah. L'une et l'autre sont belles et premières de leur classe. Elles ont vécu et vivent dans les livres et la beauté des choses. Récemment, je les observais jouant au « petit baccalauréat », petit jeu de société des petits et des grands qui n'exige, pour se jouer, comme « le pendu » ou le « cadavre exquis », que papier et crayons. Parmi les sept ou huit colonnes, elles avaient écrit « Célébrités » (à leur âge, nous écrivions « hommes célèbres » – ce qui, bien évidemment, comprenait aussi les femmes –, et ce léger décalage sémantique n'est pas anodin, ce « célébrités » reflétant la culture *people* d'aujourd'hui). Une heure durant, tandis que les animaux et les végétaux, les villes et les pays, défilaient normalement, je vis passer les « célébrités » de Lou et de Sarah. Pour « L », pas de Louis XIV ni même de Jack Lang, mais Lââm et Larusso. Des chanteuses, il paraît. Le « H », c'est difficile, on ne peut pas demander aux petites filles de connaître Heine ou Hemingway. Mais Hugo, tout de même… Non, à « H », il y avait David Hallyday, Estelle Hallyday et Johnny Hallyday, les trois sont acceptés, avec une préférence pour le premier, mais pas de point supplémentaire. À « N », j'aurais pensé à deux Napoléon, mais elles, sans doute pour écrire plus vite, avaient choisi N.T.M. Célébrités… Je restai longtemps songeur. Plus d'empereurs, plus de peintres, plus de poètes, mais des chanteurs. Et quels chanteurs…

Si je m'en tenais – et j'aimerais bien, cela me simplifierait l'existence – à une explication simpliste de ce « fait de société », je dirais – avec un effroi sans fin auquel je préférerais une fin effroyable – que ce n'est pas la chanson populaire française qui va disparaître, mais la culture française en général et la littérature française en particulier. Mais je me reprends, et je me dis que tous ces gens passeront beaucoup plus vite que le café de la Marquise de Sévigné, et que la chanson et la littérature, qui ont toujours fait bon ménage, l'emporteront. Je me dis qu'il faut laisser les chiens aboyer, Lara Fabian s'égosiller, Céline Dion vocaliser, et que la caravane de la belle chanson de France passera. Je me dis qu'en *apparence,* l'industrie et le *marketing* ont gagné, que l'inanité sonore est définitive et irrévocable, mais que ce n'est qu'en *apparence,* et que le temps est du côté des poètes de la rue – ces gens qui font « le boulot de Verlaine avec des mots de bistrot », suivant la belle expression de San Antonio – et que Piaf, Brel, Brassens, Ferré finiront par triompher. Je me dis qu'après tout, *Notre-Dame de Paris*, de Luc Plamondon et Richard Cocciante, se vend à des millions d'exemplaires et que Victor Hugo y est peut-être pour quelque chose. Ce pauvre Hugo qui avait défendu que l'on déposât des notes sur ses mots…

## *Changer à Porte des Lilas*

Qui va disparaître en premier ? Victor Hugo ou Luc Plamondon ? Qui sera encore là quand nous ne serons plus là ? Et avant, verra-t-on vraiment disparaître le « poinçonneur des Lilas », lui qui a disparu depuis si longtemps mais qui continue sa vie en chanson, comme si le mot s'autosuffisait désormais – valant mieux, de toute façon, que le métier qu'il désignait –, verra-t-on vraiment disparaître la chanson populaire française ?

Mon ami Étienne Roda-Gil, poète et parolier, m'a donné sa propre réponse, cynique, saugrenue, mais non dénuée d'intérêt : au XXI^e^ siècle, la chanson populaire française continuera… mais en anglais. Il m'a assuré qu'après Hastings – 1066, si ma mémoire est bonne –, les Anglais avaient chanté en français durant trois siècles… Bien. Acceptons notre défaite linguistique et apprenons à écrire de belles chansons françaises – puisque nous sommes français – en anglais. En anglais plutôt qu'en américain, si possible. Pas avec un corpus de mille cinq cents mots, si possible, mais avec la totalité du *Harrap's*.

Tout de même… La deuxième mort de Jeanne d'Arc… « Jeanne, la bonne Lorraine… ». La bonne chanson disparaîtra-t-elle comme elle, en fumée blanche vers le ciel pour dessiner une nouvelle constellation brillant de mille étoiles mortes que seuls les fins astronomes sauront voir ? Qui vivra, verra.

# V

# « LA BONNE PAROLE DE THIERRY SÉCHAN » 2001

« Tel l'air à l'oiseau, ou la mer au poisson,
le mépris à qui le mérite. »

William Blake.

Il y a cinq ans, (c'était quelques mois avant les élections municipales qui devaient voir Bertrand Delanoë triompher à Paris), un jeune homme dynamique me contacta. Il faisait partie de l'équipe d'une *start up* (il s'en créait dix pour jour, à l'époque, et bien peu survécurent) et souhaitait m'engager comme histrion de service. L'ambition de ladite *start up* étant de passer sur le câble, le garçon dynamique mais d'une rare inconsistance (du reste j'ai oublié ses noms et prénom) me proposa de tenir une chronique hebdomadaire dans le ton d'un Desproges ou d'un Luis Rego. J'acceptai avec un stupide enthousiasme. Dans les semaines qui suivirent, j'enregistrai deux émissions. J'avais intitulé ma chronique « La bonne parole de Thierry Séchan », et je la présentai derrière un pupitre, tout de noir vêtu, tel un prêcheur halluciné ; mes prestations firent forte impression. De toutes parts, on me congratula. Puis, le silence… Deux semaines durant, on ne me prit plus au téléphone. Je commençais à m'énerver lorsqu'on me fit savoir poliment que ma collaboration n'était plus souhaitée. Que s'était-il passé ? Il s'était passé que le neveu de Bernard

Kouchner, le grand ami des Albanais du Kosovo, faisait partie de l'équipe et qu'il avait appris, *via* Internet, que j'étais un odieux fasciste, « un rouge-brun » qu'il convenait d'ostraciser ou de fusiller sur-le-champ. Moi qui, jusqu'alors, me croyais plutôt rouge et noir, comme mon ami Roda-Gil... Ma collaboration à *L'Idiot international* et mes prises de position farouchement pro-serbes m'avaient valu cette infamante étiquette de fasciste... J'en veux encore à ces pauvres types et je leur souhaite de crever aussi vite que leur *start up*.

# La bonne parole de Thierry Séchan

Frères humains, sœurs humaines,

Dieu n'est pas très clément avec nous, ces temps-ci, mais sans doute nous aveugle-t-il pour mieux nous faire voir l'obscurité. Ainsi, la semaine écoulée vit le Diable en ses œuvres partout où ses retors tentacules pouvaient s'immiscer.

Tout commença par la publication d'un nouveau roman d'Yves Simon. Mon Dieu, avons-nous vraiment mérité ça ? La chose s'appelle *Le Souffle du monde*, et ça décoiffe, semble-t-il. Frères et sœurs, je vous l'avoue, j'en ai bavé, pas vous, j'ai vu la pub dans *Libération*, le journal des drogués et des alcooliques de gauche. J'ai vu, je vous l'avoue, disais-je, Yves Simon déguisé en écrivain inquiet pour l'avenir de l'humanité. Sourcils froncés, la main – tenant stylo ! – collée sous le menton, l'homme est là : pas le chanteur, non, le vrai homme, le poët, le penseur qui pense nos plaies, le réfléchisseur qui réfléchisse pour nous parce qu'il est cool. Le vrai homme réfléchisse, mais c'est dur, c'est trop dur, parce qu'il a rien à penser sous la dent, le vrai homme. Diabolique solution : il va écrire un poème. Le poème est sur la page de pub. Je vous le lis, mes frères et mes sœurs, – Oh ! oh !, ce serait le bonheur !

*Un poème*
*des hommes aux étoiles*
*– nos mémoires –*
*pour que les éoliennes,*
*pour que le ciel*
*se souviennent*
*de notre rêve*
*en ce premier printemps.*

Hop, voilà un poème ! Un chouette poème, avec un joli mot pour faire poème : « éoliennes ». Ah, c'est pas Kader, c'est pas Samir, c'est pas Mustapha, qui connaissent des mots comme « éoliennes ». Eux, ils auraient dit moulins à vent, ces banlieusards ignares, parce que c'est pas des poètes. Tandis qu'Yves Simon, lui non plus.

Dieu soit loué, Carla Bruni n'existe pas. La preuve, elle habite même pas en France. Elle habite en Suisse, l'ex-top. Dans *Voici*, journal sentimental de gauche, l'écrivain Patrick Besson, l'homme qui défend la cause du *people*, l'a interrogée. « Où vivez-vous ? » a-t-il finement demandé, comme si elle ne le savait pas. « À Lausanne », a-t-elle répondu. « Comme Simenon », a fait finement observer Besson. « Simenon vit à Lausanne ? a dit la Carla. Vous êtes sûr ? Je ne l'ai jamais vu. » Ah, Carla, la vieillesse est un naufrage.

Le Diable voyage, mes frères. À peine aperçu à Lausanne, il se faufile en Floride, chez Céline Dion. Dans son infinie miséricorde, Dieu avait inspiré une année sabbatique à Céline (puisse-t-il en inspirer une à Jean-Jacques Goldman !). Dieu lui avait dit : « Tu bougeras pas de ton *green*, tu taperas sur les petites balles toute la sainte journée – et surtout, tu ne chanteras pas ! » Céline a pas obéi. Pire, Céline a décidé de se cultiver. Comme un cul-de-jatte qu'aurait décidé de marcher. L'été prochain, a-t-elle annoncé, elle visitera le musée du Louvre. La Joconde n'a pas mérité ça.

Dieu n'est pas sympa tous les jours, mes frères et mes sœurs, – Oh ! oh !, ce serait le bonheur ! Ainsi, retenez cette date : le 4 octobre 2000. À partir de cette date – et jusqu'à cette date, souhaitons-le – vous pourrez ne pas voir *Les Dix Commandements* de Pascal Obispo, *lyrics* de Dieu le Père, Lionel Florence et Patrice Guirao, on ne sait pas qui c'est, mais c'est sûrement très con. Mes frères et mes sœurs, en vérité, je vous le dis, voici le vrai premier commandement : Vous n'irez pas écouter *Les Dix Commandements* de Pascal Obispo parce que c'est de la daube. Je vous aurai prévenus, les gars.

Si Dieu le veut, je vous parlerai à nouveau la semaine prochaine. Si je veux.

## La bonne parole de Thierry Séchan

Frères humains, sœurs humaines,

Cette semaine, je vous parlerai politique, cinématographe et top-modélisme. Mais commençons donc par la politique, sans laquelle nos vies seraient déréglées, désordonnées, déboussolées, sans laquelle les citoyens que nous sommes seraient incapables de guider leurs pas fragiles dans la vaste jungle des champs et des villes.

Bientôt, mes frères et mes sœurs – Oh ! oh !, ce serait le bonheur ! –, nous allons nous choisir un maire, voire une mairesse – Valérie, par exemple, ou Françoise de Pannafieu, par exemple, mais ce ne sont pas des bonnes exemples. Pour qui voter, disais-je, et la question est d'importance, nom de Fieu, puisque c'est l'avenir de notre passé qui est en jeu. Prenons Paris, une ville choisie au hasard parmi les communes de plus de 30 000 habitants. À droite, nous avons le sympathique Jeannot Tibéri, un Corse pas fier pour un sou et économe comme pas deux. Hélas, Jean-Jean ne part guère favori, tant ses ennemis sont légion dans son propre camp, à commencer par son ex-adjointe aux nains de jardin, la de Pannadieu déjà citée. Fanfan a sa chance : elle n'est pas trop moche, elle est plutôt décontractée de la particule, et on ne lui a pas encore trouvé d'emploi fictif, à part cette place de mairesse de Paris qu'elle convoite ardemment mais qu'elle aura pas parce que c'est comme ça : on veut pas de femme à Fieu à la mairie de Paris, point barre. Et puis, mes frères et mes sœurs – Oh ! oh !, ce serait le bon beurre ! –, il y a Philippe Seguin, dit le maire d'Épinal, mais dans Épinal, il y a épine, et son épine, c'est qu'il connaît Paris comme ma poche, c'est-à-dire pas du tout. Donc, Filou ne sera pas maire de chez nous, mes frères et mes sœurs – Oh-oh, ce serait le bonheur ! Enfin – *last but not least*, comme disent mes collègues anglo-saxons, il y a Édouard Balladurian. Franchement : pourquoi pas Devedjian ou Aznavourian, pendant qu'on y est ?

Non, mes frères et mes Beurs, ce que les Parisiens veulent, c'est un Parisien 100 % pure laine, un Parisien tête de chien, un Parigot tête de veau, pas un étranger d'Épinal, et surtout pas une femme jolie. Pourquoi pas Yvette Roudy ou Sophie Marceau, pendant qu'on y est ?

Voilà la droite, mes enfants. Ils sont quatre qui se détestent, tandis qu'à gauche, il n'y a que deux

Lanoë qui s'aiment. Dans ces conditions – je vous le dis sans vous le recommander –, il faudra nous embarquer dans l'arche de la Noë, où toutes les espèces, toutes les races humaines, et toutes les minorités topprimées trouveront leur place.

Sinon, sinon, le printemps est là et Laetitia s'en va z'en Angleterre. Et le Diable est avec elle, à qui il a soufflé d'humilier les républicains français (*So long, Marianne…*) et les irréductibles Gaulois Astérix et Obélix.

Mes frères et mes sœurs, en vérité je le lui dis : Laetita Casta tu pues, et marche à Londres.

Enfin, et pour conclure, je vous donnerai des nouvelles de la mime Marceau, toujours en amour avec l'agité du bocal Andrzej Zulawski. L'actreuse et son metteur ont récemment refusé d'aller parler de leurs dernières inepties à *Bouillon de culture* sous prétexte qu'ils n'aimaient pas les autres invités, emmerdeurs notoires, en effet, mais écrivasseurs à la mode, mes frères et mes sœurs – Oh ! oh ! ce serait le bonheur ! comme chantait Cloclo dans sa baignoire.

Trop de talent nuit à la santé et j'ai peur que Sophie Marceau n'ait pété les plombs, elle aussi, ce qui ne laisse pas de m'étonner puisque Sophie Marceau n'a pas de plombs.

Si Philippe de Dieuleveult le veut, je vous parlerai à nouveau la semaine prochaine.

# VI

# LE CLUB DES RONCHONS
# JANVIER 1996, FÉVRIER 1998

« Je n'ai pas envie d'avoir pour lecteurs
des gens dont je ne voudrais pas pour amis. »

Jaques Chardonne, *Claire*.

Depuis une bonne dizaine d'années, je suis membre d'honneur du Club des Ronchons, club très sélect fondé par mon ami Alain Paucard, qui en est le président à vie. Le Club des Ronchons est un club très fermé, puisqu'il est interdit aux femmes (exception faite pour Geneviève Dormann, tant sa féminité reste à prouver), aux enfants, aux animaux et aux plantes vertes.

Chaque année, Alain Paucard publie, aux éditions L'Âge d'homme, un ouvrage collectif autour d'un thème choisi par lui seul. Je participai notamment aux recueils intitulés *En arrière toute !* (premier trimestre 1996) et *Ils en font trop !* (février 1998). Voici ces deux textes, qui ont pris quelques rides, mais l'honnêteté voulait que je vous les présente en l'état.

## Ich bin ein Neinsager

Depuis l'enfance, je suis un *Neinsager*, quelqu'un qui dit « non », comme disent toujours « non » les habitants du canton d'Uri, dans la Suisse de Guillaume Tell, chaque fois qu'on leur pose une question par « votation ». À neuf ans, déjà, je disais « non » à de Gaulle, lorsqu'il prenait le pouvoir à l'occasion des troubles d'Alger. Aujourd'hui que j'ai quarante-six ans, je dis encore « non » à tout, sauf aux belles dames à qui je n'ai jamais rien su refuser, fors le bonheur, qui n'est pas de ce monde.

À l'heure des lourds bilans et des violentes nostalgies, des regrets aveugles et des claires mélancolies, je voudrais me souvenir de tous les « non » de ma vie, tous ces « non » qui me firent oiseau-lyre volant par-dessus les toits, libre et majestueux, loin de tous les hommes-oui (*yes-men*) exécrés.

Pour commencer, et sans tomber dans le « cioranisme » ambiant, je tiens à dire à ma mère que j'étais en désaccord complet avec ma mise au monde, laquelle impliquait ma mise à mort à plus ou moins long terme. Cependant, pour être honnête, j'avoue que lorsque j'eus goûté aux jeunes filles lascives de mon pays, aux paupiettes de veau de ma mère et aux côtes-du-rhône de mon père, mon malheur d'être né devint plus supportable. Par la suite, je rencontrai la littérature et je compris que tous nos grands hommes avaient toujours dit « non », à commencer par Rabelais, dont Céline disait : « En vérité Rabelais, il a raté son coup. Oui, il a raté son coup. Il a pas réussi. Ce qu'il voulait faire, c'était un langage pour tout le monde, un vrai. Il voulait démocratiser la langue. Une vraie bataille. La Sorbonne, il était contre, les docteurs et tout ça. Tout ce qui était reçu et établi, le roi, l'Église, le style, il était contre. » Rabelais était un homme « contre ». J'aime les hommes « contre », comme j'aime les livres « contre », les chansons « contre », et le corps des femmes contre le corps des hommes « contre ». Les hommes « pour » ne méritent rien, ou alors des médailles en chocolat et des titres ronflants qui endorment les jeunes filles aux seins frémissants.

Dire « non ». Ce n'est pas à nos lecteurs cultivés que j'apprendrai que Copernic et Galilée avaient raison, et Darwin aussi, qui disaient « non » contre tous, et qui avaient raison. Hélas.

Dire « non ». Même si, pareillement à la femelle hypocrite qui feint de se dérober à son plaisir, il nous arrive de le dire en pensant « oui ». Ainsi ai-je dit « non » à Maastricht pour l'unique volupté du « *nein* ».

Dire « non ». Sauf à l'amour et à la guerre. À l'amour comme à la guerre, car l'une et l'autre fortifient les âmes et les peuples, tandis que la paix des cœurs et des foyers dessèche les mains rudes des hommes de France, et c'est ainsi que se languissent nos femmes avides de sexe et de gloire.

Et puis, si l'on observe de près le mot « non » et le mot « oui », la supériorité du premier saute aux yeux. Le « non » est rond, sonnant, palindromique, tandis que le « oui » est efféminé, vaguement ridicule avec son absurde succession de voyelles.

Aussi ai-je toujours dit « non » à tout. Petit, déjà, j'ai dit « non » à la guerre en Algérie, et chacun peut constater à quel point l'on m'a écouté. Plus tard, j'ai dit « non » à la guerre au Viêtnam, guerre exotique qui permit à Hollywood de gagner beaucoup d'argent sur le dos de braves garçons qui eussent préféré ne jamais quitter leur Montana natal plutôt que d'aller se faire couper en rondelles par les petits hommes jaunes et cruels.

Aujourd'hui, je persiste à ne pas opiner du bonnet et je dis encore « non » à tout et à tous. *Ich bin ein Neinsager*. Il n'est pas né celui qui me fera dire « oui ». À moins qu'elle ne soit vraiment très jolie.

# Soixante-quinze aveux

J'avoue que je crois en Dieu.

J'avoue que j'ai couché avec une monarchiste.

J'avoue que j'ai fait mai 68.

J'avoue que j'ai voté Lionel Jospin (parce qu'il est protestant).

J'avoue que j'ai lu sept fois *Le Feu follet* de Pierre Drieu La Rochelle.

J'avoue que j'aime bien La Rochelle et les marinières Saint-James (*Made in France depuis 1889*).

J'avoue que je n'ai pas lu toute l'œuvre de Marguerite Duras. (Faisaient-ils vraiment l'amour dans *L'Amant*, le film ?)

J'avoue que j'aime bien *Du côté de chez Swann* (pas la chanson, le livre).

J'avoue que les landes me plaisent.

J'avoue que j'aime Chateaubriand.

J'avoue que Luc Besson ne m'intéresse pas.

J'avoue que Patrick Besson m'intéresse.

J'avoue que j'ai rencontré Robert Hue.

J'avoue que j'ai déjeuné avec Alain Krivine (à la Brasserie de l'Isle-Saint-Louis) et que je l'ai trouvé sympathique.

J'avoue que j'aimais bien Staline.

J'avoue que je n'aime toujours pas Trotski.

J'avoue que j'aime bien les *Spice Girls* (parce que ma fille cadette les adore).

J'avoue que j'ai vécu (mais ce n'est pas de moi).

J'avoue que c'était mieux avant.

J'avoue que je n'aime pas *Guernica*, de Pablo Picasso.

J'avoue que j'aime *Le Canapé rouge*, de Sava Sumanovic (Belgrade, Musée national).

J'avoue que j'aime les femmes.

J'avoue que j'aime trop les femmes et que cela finira par me jouer un mauvais tour.

J'avoue que Lady Di me casse les pieds.

J'avoue que j'aime bien les Mercedes.

J'avoue que j'ai lu *Bagatelle pour un massacre* et *L'École des cadavres* de Louis-Ferdinand Céline.

J'avoue que je ne suis pas antisémite.

J'avoue que j'aime bien la corrida.

J'avoue que je n'aime pas la chasse.

J'avoue que j'aime les Dutourd – père et fils.

J'avoue que j'ai serré la main (plusieurs fois) à Radovan Karadzic.

J'avoue que j'aime Jeanne d'Arc.

J'avoue que j'aime aussi Laurence.

J'avoue que je n'aime pas beaucoup les Anglais.

J'avoue que je me méfie de l'Allemagne.
J'avoue que je déteste les Américains.
J'avoue que la Chine m'ennuie.
J'avoue que Didier Daeninckx est plutôt moche.
J'avoue que j'ai le cœur à gauche et l'esprit à droite.
J'avoue que j'aimais bien Serge Gainsbourg.
J'avoue que « j'en ai bavé, pas vous, mon amour ».
J'avoue que j'aimais bien Ernesto Che Guevara.
J'avoue que je n'aurais pas fusillé Primo de Rivera.
J'avoue que les Vendéens n'avaient pas tous les torts.
J'avoue que Jean-Édern Hallier me manque un peu.
J'avoue que Fabrice Luchini m'énerve au plus haut point.
J'avoue que j'aime bien Jean-Pierre Chevènement.
J'avoue que je n'aime pas beaucoup Robert Badinter.
J'avoue que je parlerais sous la torture.
J'avoue que j'ai parlé sur Radio Courtoisie.
J'avoue que Patrick Poivre d'Arvor est très courtois (quand on lui envoie un livre en service de presse, il écrit un petit mot – de sa main ! – pour remercier).
J'avoue que j'aime toujours Frédérique.
J'avoue que j'aime encore Nathalie.
J'avoue que je manque de sommeil.

J'avoue que longtemps je me suis couché de bonne heure.

J'avoue que je n'aime pas Sandrine Bonnaire.

J'avoue que j'ai peur de perdre mes cheveux.

J'avoue que je n'aime pas les chevaux (ils me font peur).

J'avoue que j'aime les chats et Paul Léautaud.

J'avoue que je ne sais pas danser le cha-cha-cha.

J'avoue que j'aimerais savoir danser la chaconne.

J'avoue que je trouve Rika Zaraï très désirable.

J'avoue que Juliette Binoche est très belle aussi.

J'avoue que je ne sais pas si j'aurais été résistant ou milicien.

J'avoue que je n'aurais pas été attentiste.

J'avoue que j'aimais bien François Mitterrand.

J'avoue que j'aime bien les gens fidèles.

J'avoue que je n'ai rien compris à la relativité d'Einstein.

J'avoue que j'aime l'absolu.

J'avoue qu'il faut consommer avec modération.

J'avoue que je n'aime pas trop les gens modérés.

J'avoue que lorsque j'étais enfant, je détestais les provinciaux qui disaient : « Parisien, tête de chien ; Parigot, tête de veau. »

J'avoue que j'aimais mieux Paris avant.

J'avoue que j'aime encore Paris (75).

*(À suivre.)*

# VII

# CINQUANTE ANS,
# LE DÎNER DES VINGT CŒURS
# 19 SEPTEMBRE 1999

« J'ai dit quelque part que je savais mieux
faire l'amitié que l'amour. »

Jean Cocteau, *La Difficulté d'être.*

Longtemps, j'ai caressé le désir trouble d'écrire les discours d'un homme politique – quel qu'il fût. Ce désir, hélas, est demeuré jusqu'ici inassouvi. Lecteurs indulgents, je vous livre aujourd'hui l'unique discours qu'il me fut donné de prononcer, il y a six années, à l'occasion de mon cinquantième anniversaire, fêté avec dix-neuf amis dans le petit salon de la Closerie des Lilas. Je me livrerai de nouveau à cet exercice acrobatique lors de mon soixantième anniversaire, que je célébrerai au même endroit, si Dieu le veut. Il sera intéressant d'observer si les convives auront changé, si le grand jeu des chaises musicales de l'amitié en aura fait disparaître certains, remplacés par d'autres (il est probable que Jérôme et Stéphane seront, cette fois-ci, présents). Une chose est sûre – et j'en suis bien triste –, Étienne Roda-Gil ne sera pas là.

Nous allions devisant gaiement sur le chemin de notre vie, et voilà que j'ai cinquante ans. Ce n'est pas juste, ce n'est pas bien, mais ce n'est pas si mal, après tout, d'avoir pu traverser presque indemne la moitié d'un siècle.

Je voudrais tous vous remercier pour votre présence en cet endroit, la Closerie des Lilas, qui vit passer de plus grands artistes que nous, mais ils ne sont plus là, et nous sommes ici.

Dans l'ordre des tables et non de mes préférences, je remercierai d'abord Nathalie, ce poème impétueux, cet océan de violence et de tendresse, Nathalie si douée, si généreuse, si présente dans la tourmente, Nathalie qui ne veut pas être un ange, mais qui ressemble à l'idée que je me fais des anges. Merci, Nathalie.

Après, je remercierai J. D., Jean-Daniel, l'éternel au regard bleu, J.D.B. que je connais depuis presque le début de ma vie, J.D., poète et mathématicien, J.D. que, selon ma légende, j'aurais sauvé d'un chien loup quand il était petit – il avait quatre ans –, moi qui étais déjà grand, puisque j'avais six ans. Merci, J.D.

Ensuite je remercierai Zou, l'amie venue du Sud, si attentionnée, si accueillante, parfois si maladroite mais toujours vivante, et puis ayant lu les quatrains d'Omar Khayyam et connaissant, comme J.D., toutes les chansons de Brassens et les chantant si mal, mais avec de l'âme, ce qui supplée à beaucoup d'insuffisances. Merci, Zou.

En quatre, je remercierai François, l'autre ami d'enfance, le danseur, le chanteur de blues, le guitariste classique, le juge implacable de mon existence excessive, de mes insoutenables insolences, mais aussi la version moderne de la fidélité en amitié, mon La Boétie, même si je ne suis pas Montaigne. Merci, François.

En cinq, je remercierai Jacqueline, la mère de Mario, mon cher filleul dont je m'occupe si peu, la belle dame de Bagneux, bretonne et pourtant si discrète, puisque en cent soirées passées avec elle et son compagnon, je ne l'ai jamais vue partir se coucher. Merci, Jacqueline.

En six, je remercierai Jean Édouard, l'homme qui eut la force d'écrire *Versaillais* et la faiblesse d'écrire *La Toto*, Jean Édouard, l'amoureux de Bauzil, un « râleux », comme disent les Québécois, mais un « râleux » espiègle, Jean Édouard, le plus mauvais guitariste de France, mais qui parvient parfois à composer, pour moi et pour d'autres, de très jolies mélodies. Merci, Jean Édouard.

En sept, je remercierai Pascale, Pascale de tant de voyages, Pascale si forte et si fragile, Pascale qui peint, Pascale qui sait me tenir la main quand plus personne ne la tient, Pascale aux beaux yeux, Pascale de nos secrets sérieux. Merci, Pascale.

En huit, je remercierai un autre François, ami de longue date qui parfois m'excéda, et notamment parce qu'il eut un jour l'impudence d'épouser une femme que j'aimais, François si patient avec moi, dessinateur et harmoniciste, et père d'une adorable Dorothée, presque ma fille. Merci, François.

En neuf, je remercierai Catherine, la première femme que j'ai prise dans mes bras, celle qu'on n'oublie pas, Catherine si joyeuse et parfois si triste, Catherine qui aime tant la beauté des choses et la lumière de Noirmoutier, Catherine, trente ans déjà, je suis content, bonsoir. Merci, Catherine.

En dix, je remercierai Jane, notre belle Brésilienne, la mère attentive de trois enfants que j'aime, la noble dame qui sut accepter avec calme et presque joie pour la France, puisqu'elle est aussi française, la défaite de son équipe jaune et verte en finale de la Coupe du monde de football. Merci, Jane.

En onze, je remercierai France, précisément, France élégante et aimante, France de la peinture et de l'équitation, cette équitation qui me plait tant parce qu'elle me rappelle la chevalerie, mais que je ne pratique pas parce que c'est très haut, un cheval, et que parfois les troubadours tombent. Merci, France.

En douze, je remercierai Renaud que je connais vaguement depuis quarante-sept ans et demi, Renaud toujours souriant, le Till Ullenspiegel de la chanson, Renaud dont je fus parfois le mentor et qui fut souvent mon sponsor, Renaud que chacun connaît, mais moi un peu plus. Merci, Renaud.

En treize, je remercierai Étienne, le poète catalan, l'homme qui eut l'audace d'écrire « Et dans un monde où tous les hommes se croient debout, je suis le seul à me vanter de me traîner à tes genoux », Étienne, le maître des paroliers respectables, dont j'ai chanté, avec J.D. et quelques autres non négligeables, *Le Cœur volcan*, en gravissant les marches qui mènent au sanctuaire de Delphes. Merci, Étienne.

En quatorze, je remercierai Nathalie, que je connais bien peu, mais dont j'ai observé la finesse et la beauté, dont je connais l'intelligence, et puis la patience, car il en faut pour vivre, et surtout pour vivre avec Étienne, et qui est la maman de la plus jolie petite fille de Catalogne, de France et du monde. Merci, Nathalie.

En quinze je remercierai Ann, dite Fifinette, la belle Québécoise avec qui j'ai jadis pêché sur un lac des Laurentides, dans la chaleur de l'été canadien, et dont je pus admirer la silhouette en un maillot de bain grand comme un kleenex. Ann à la petite voix exquise, Ann que je ne tins jamais dans mes bras parce que Bucolo la cachait trop bien. Merci, Ann.

En seize, je remercierai Jean-Pierre Bucolo, dit Buc, dit Bucolman, dit Titi, l'idole des femmes, le meilleur guitariste de la galaxie, chanteur plus contestable mais chanteur quand même, pour lequel j'écrivis naguère une jolie chanson qui fut écoutée par quatorze personnes et qui n'apparut jamais sur mon feuillet SACEM. Buc, l'autre pêcheur à la ligne de cette table, l'ami de Renaud, donc mon ami. Merci, Jean-Pierre.

En dix-sept, je remercierai Sapho, Sapho la gitane, Sapho la chanteuse et l'écrivaine – je suis presque Québécois, alors je féminise les métiers d'homme –, Sapho l'Andalouse, Sapho la princesse de Marrakech, Sapho qui n'a qu'un seul défaut : aimer Frédéric, un homme que j'aime beaucoup aussi. Merci, Sapho.

En dix-huit, je remercierai Robert, dit Prince Roro. Si j'avais été le roi Arthur, Prince Roro aurait fait partie des chevaliers de la Table ronde. Sociologue et chanteur, Parisien et voyageur amoureux du Montana et du Wyoming, Robert fait partie de ces gens excellents qui vous font supporter la traversée de la vie. Merci, Robert.

En dix-neuf, et c'est mon chiffre, je remercierai Bruno, Bruno qui fait partie lui aussi de mon Canal historique, Bruno du lycée Montaigne, Bruno de Louis-Le-Grand, Bruno de nos appartements et de nos amours partagés, Bruno du Brésil, du Mexique, et que j'emmenai un jour à Hydra où nous connûmes ensemble Léonard Cohen. Merci, Bruno.

Voilà. J'ai cinquante ans, vous êtes là, je suis content.

# VIII

# « C'ÉTAIT RODA-GIL »
# 18 JANVIER 2005

« Que chercher parmi les mortels,
lorsque tu joues de l'orgue et eux du pipeau ? »

E.M. Cioran.

La brutale disparition, le 30 mai 2004, d'Étienne Roda-Gil m'a profondément bouleversé. Pas un jour depuis ne passa sans que je pense à lui. « On ne vous voit plus souvent », me dit-on parfois à la Closerie des Lilas. Il est vrai que l'on m'y voit moins depuis que l'on n'y voit plus Roda-Gil, mon presque ami. J'ai écrit « presque » parce que, si nous nous côtoyâmes si souvent durant trente ans, nous ne fûmes jamais des intimes. Mais peut-on être l'intime d'une légende vivante ? Notre amitié fut littéraire, philosophique, morale et politique. Nous avions les mêmes références et le même goût pour le whisky Famous Groose. Étienne n'étant pas mort de nos références, j'ai arrêté de boire depuis sa mort.

Jusqu'à mon dernier jour, je défendrai la mémoire de Roda-Gil. Si je ne la défends pas, qui la défendra ? Philippe Sollers sans doute, et puis Stéphane Loisy. Aussi m'est-il interdit de mourir, *sous peine de trahison*. Ne suis-je pas l'un des rares à n'avoir *jamais* trahi Étienne ?

À défaut d'avoir été son ami à proprement parler (mais ses vrais amis étaient morts), j'ai aimé

Roda-Gil, et je crois l'avoir montré à diverses reprises, à travers de nombreux écrits : en lui dédiant *Nos amis les chanteurs I* (« À Étienne Roda-Gil, le meilleur d'entre nous »), en lui consacrant un chapitre dans *Nos amis les chanteurs 2, Le Retour* (« Le Maître du jeu »), en le citant abondamment dans *À la recherche de Richard Brautigan* et dans *Paris-Montréal express*.

Le texte qui suit a été écrit à la demande de Philippe Crocq, biographe autorisé d'Étienne Roda-Gil, et publié dans son excellent ouvrage : *Étienne Roda-Gil, Itinéraire d'un maître enchanteur.*

# C'ÉTAIT ÉTIENNE RODA-GIL

C'était en juin 1968. Le joli mois de mai s'était achevé dans la débandade. Le vieux monde avait tremblé, puis il s'était ressaisi, nous laissant dans la bouche un goût amer. Soudain, sur l'écran noir de la télévision, un dimanche bleu de juin, un jeune homme à cheval, un pirate adolescent qui chantait *La cavalerie*. Une voix nouvelle, des paroles nouvelles. Julien Clerc, Étienne Roda-Gil. Je compris ce jour-là que la chanson française ne serait plus jamais la même, et moi qui ne l'aimais guère, je me pris à l'aimer.

C'était à l'été 1970. Nous étions six camarades, six étudiants sans le sou qui visitaient la Grèce en bohémiens. Un soir, nous fûmes à Delphes. Dans le crépuscule rose, nous gravîmes la « voie sacrée » qui mène au sanctuaire d'Apollon. Nous étions si exaltés qu'il nous fallut chanter. Pour dire notre émotion, les mots d'Étienne nous parurent les seuls possibles. Ce soir-là, sur le versant sud-ouest du

Parnasse, on entendit six voix de France lancer ces mots dans le ciel : « *Comme un volcan devenu vieux/Mon cœur bat lentement la chamade/La lave tiède de tes yeux/Coule dans mes veines malades* ».

C'était à l'automne 1989. Entre deux articles dans *Paroles et Musique*, j'écrivais des chansons. De bonnes chansons, parfois, qui ne marchaient pas, et des mauvaises, souvent, qui marchaient très bien. Mon rêve eût été d'écrire pour Julien Clerc, mais il y avait Roda, le maître vénéré, et bientôt l'ami de la Closerie. En cet automne, Étienne et Julien étaient fâchés depuis un certain temps. Roda-Gil ne figurerait pas sur l'album *Fais-moi une place.* J'avais un texte, un texte roda-gilien en diable, *Fille du feu.* Julien Clerc en fit un succès de l'été 1990. « *Elle a des yeux comme une ville en flammes/La voix des violons de Bohême/Ses cheveux d'algues et de fleurs qui se fanent/Inondent son châle de laine* ». Hommage au poète catalan, qui salua l'œuvrette.

C'était en novembre 1992. J'avais dédié mon pamphlet *Nos amis les chanteurs* « À Étienne Roda-Gil, le meilleur d'entre nous ». Ce petit livre assassin allait mettre un terme glorieux à ma « carrière » de parolier. Les coups plurent, puis les procès. Dans le « métier », je ne trouvai qu'un défenseur ardent : Étienne Roda-Gil. Étienne considérait que le talent autorisait tous les débordements. Il disait aussi : « Le talent, c'est contagieux, mais il n'y a pas beaucoup de malades. »

C'était en octobre 1993. J'écrivais un essai sur Richard Brautigan, immense écrivain américain que Roda-Gil connaissait bien, mais il connaissait tant de choses ! À New York, j'avais déniché – non sans mal – tout ce que Brautigan avait pu écrire, jusqu'à des raretés achetées à prix d'or. Il me manquait un document, introuvable, *Listening to Richard Brautigan*, un disque de poèmes lus par Richard et ses amis, enregistré à San Francisco en 1969. Ce soir-là, à la Closerie des Lilas, Étienne m'assura qu'il possédait ce « collector ». Je ne le crus pas. Roda mentait si souvent. Le lendemain, le poète catalan me faisait déposer à la Closerie le précieux enregistrement du poète américain. Aujourd'hui, je me souviens de ce qu'il me disait : « À toi je dis la vérité ; aux autres, le mensonge. »

C'était en décembre 1993. Étienne m'avait convié chez lui, rue Cassini, à vider une bouteille de whisky en sa flamboyante compagnie. Visitant son bureau, j'avisai dans un coin un petit tableau : un Jean-Jacques Henner. Henner, qui fut un peintre en vogue jusqu'au début du XX^e^ siècle, a son musée à Paris, avenue de Villiers. Un peintre académique qui sut peindre les femmes – courtisanes lascives, saintes sensuelles aux longs cheveux tombant en vagues lentes sur des épaules dénudées. Étienne décela mon trouble et mon émerveillement. « Il te plaît ? Tu l'emportes. » Je refusai l'offrande. Aujourd'hui que Roda n'est plus là, je regrette mon fier refus. Ce petit Henner eût été plus heureux chez moi que n'importe où ailleurs.

C'était en avril 1994. Pour désespérer mes minuscules ennemis, je publiai *Nos amis les chanteurs 2, Le Retour*. Au terme de ce second pamphlet, afin de rendre plus honteuse la honte des petits hommes, j'avais écrit un chapitre intitulé « Le maître du jeu ». « Le maître du jeu », c'était mon bon maître Étienne Roda-Gil. Le chapitre commençait ainsi : « Comme je lui faisais observer, non sans ire, que Jean-Jacques Goldman s'était inspiré de *Utile*, l'album réalisé avec Julien Clerc, pour écrire *Rouge*, Étienne Roda-Gil me répondit : "Que nous importe ? Toi et moi, nous n'avons pas le sens de la propriété". Tout Roda-Gil est là, désinvolte et fier, prince libertaire, enfant ensoleillé du cavalier Marin et de Stéphane Mallarmé, mais aussi fin stratège, disciple de Clausewitz et de Sun Zi, et puis aimable dilettante, farceur notoire, oublieux de la chronologie, et même un peu hâbleur, et peut-être poète. » Dix ans après, je ne changerais pas un mot à ces lignes. J'ajouterais juste : « et sûrement poète ».

C'était en mars 2004, deux mois avant la disparition du grand homme. Ce soir-là, à la Closerie des Lilas, j'avais partagé la table de Roda. Nous avions beaucoup parlé, beaucoup bu (nous avions une passion commune pour le Famous Groose…), beaucoup fumé. Vers minuit, nous étions passablement éméchés. « Il faut rester digne ! » disait souvent Étienne. « Dignes », nous l'étions encore, aussi proposai-je à mon compagnon de rêve et de beuverie de le raccompagner chez lui en taxi. D'un pas hésitant, nous sortîmes de la Closerie. Il pleuvait. Nous demeurâmes un moment sous la pluie, à attendre un hypothétique taxi. Au bout de dix minutes, Étienne tourna les talons et m'annonça : « La conjoncture générale du temps m'oblige à reprendre un verre. » Et il regagna la Closerie des Lilas.

C'était le 30 mai 2004. La rumeur courut que Roda-Gil était mort.

Paris, le 18 janvier 2005.

# IX

# DOUZE CHANSONS BLEUES

« J'ai pourtant envie de dire une fois du bien de moi. »

Prince Charles-Joseph de Ligne,
*Fragments de l'histoire de ma vie.*

La chanson. Après la littérature, la musique et la peinture, c'est ma quatrième passion. Certes, la chanson est un art « mineur » – et l'on ne reviendra pas là-dessus. Pour autant, la chanson est un art, et peut-être le plus grand, puisqu'il s'agit d'un art *populaire. « Longtemps, longtemps, longtemps après que les poètes ont disparu,/leurs chansons courent encore dans les rues...* » Dans cent ans, on écoutera toujours Trenet, Brassens ou Renaud, tandis qu'il est peu probable que l'on lise encore Sollers, Nothomb ou Houellebecq.

J'ai écrit une centaine de chansons. Toutes – ou presque – ont été enregistrées, avec un bonheur inégal. À mon âge et à l'heure qu'il est, je pourrais être le parolier le plus couru de l'Hexagone (surtout depuis que Roda-Gil nous a quittés), mais je ne le suis pas. Pourquoi ? Parce que, en 1992, avec une belle inconscience, je mis un terme (provisoire) à ma carrière d'auteur lorsque je publiai *Nos amis les chanteurs*, virulent pamphlet contre les stars – surfaites, pour la plupart – du show business. Quinze ans après, je me remets à peine de ce seppuku programmé. À nouveau, j'écris des chansons

– et je rends grâce à Isabelle Gouret, Stéphane Loisy et Pascal Sevran de m'y avoir poussé. À nouveau, je chante aussi, pour une poignée d'admiratrices, des textes que seul je puis interpréter.

Pour clore ce modeste ouvrage, il me plaît de vous présenter douze de mes chansons préférées, chantées par de grands interprètes ou, plus humblement, par moi-même.

Affaire de clore ces *Textes verts et textes divers* par une note bleue.

## *Achevez-moi*

*Je suis un goéland blessé*
*Un grand oiseau qui s'est brisé*
*Faut-il qu'on me laisse inachevé ?*
*Une île, un palais, peuvent se dresser*
*Surgir d'un océan glacé*
*Tandis que moi, couché, j'agonise*
*À petit feu, comme Venise*

*Achevez-moi, Monsieur, achevez-moi*
*Regardez-moi au fond des yeux*
*Vous y verrez comme un appel*
*Le cri de la terre et du ciel*
*Achevez-moi, Monsieur, achevez-moi*
*Que votre épée me coupe en deux*
*Achevez-moi, Monsieur*

*Je suis une guerrière blessée*
*Une amazone désarçonnée*
*Faut-il qu'on me laisse inachevée ?*
*Une ville, un cyprès, peuvent se dresser*
*Surgir du sable et des galets*

*Tandis que moi, noyée dans mes sanglots*
*Je reste à l'entrée du tombeau*

*Achevez-moi, Monsieur, achevez-moi*
*Regardez-moi au fond des yeux*
*Vous y verrez comme un appel*
*Le cri de la terre et du ciel*

*Achevez-moi, Monsieur, achevez-moi*
*Que votre épée me coupe en deux*
*Achevez-moi, Monsieur*
*Et puis restez auprès de moi.*

Chanson interprétée par Geneviève Paris.
Musique de Geneviève Paris.

## *Fille du feu*

*Elle a des yeux comme une ville en flammes*
*La voix des violons de Bohême*
*Ses cheveux d'algues et de fleurs qui se fanent*
*Inondent son châle de laine*

*Elle vient d'un monde nomade et son âme*
*Chemine sur les grandes plaines*
*Je voudrais tant suivre sa caravane*
*Courir dans le sang de ses veines*

*Fille du feu, ma tzigane*
*Noire sur le fond bleu des gitanes*
*Oh, fille du feu, ma tzigane*

*Les soirs d'été, quand les bûchers s'enflamment*
*Du côté des Saintes-Maries*
*Des mains d'argent qui nous viennent d'Espagne*
*Font danser la mer et la nuit*

*Les bras tendus vers les pâles étoiles*
*Elle chante sur le sable gris*

*Le vent marin qui soulève ses voiles*
*Emporte sa plainte et ses cris*

*Elle est d'un peuple qu'on chasse ou qu'on parque*
*Dans des terrains vagues ou des camps*
*Il n'est pas bon de voyager sans carte*
*Sur les grandes ailes du vent*

*Fille du feu, ma tzigane*
*Noire sur le fond bleu des gitanes*
*Oh, fille du feu, ma tzigane*

*Elle a des yeux comme une ville en flammes*
*La voix du cristal de Bohême.*

Chanson interprétée par Julien Clerc.
Musique de Julien Clerc.

## *Qui sait*

*Qui sait, peut-être je n'ai pas de tête*
*Juste un tout petit trou, par où*
*Je vois les étoiles de temps à autre*
*Qui sait, peut-être je n'ai pas de tête*
*Mais une toute petite brèche dans un mur*
*D'où vient la rumeur des gens*

*Qui sait, peut-être je n'ai pas de cœur*
*Juste un petit moteur sans chaleur*
*Qui chante sa chanson en mineur*
*Qui sait, peut-être je n'ai pas de cœur*
*Juste un tout petit bruit qui me fait peur la nuit*
*Dans le silence entre les heures*

*Si j'avais juste la moitié d'une tête*
*J'entendrais tes appels au secours*
*Cette moitié me suffirait*
*Pour savoir ce qui t'a blessé*
*Si j'avais juste la moitié d'un cœur*
*Je verrais tes cernes au petit jour*
*Cette moitié me suffirait*
*Pour comprendre le mal que je te fais*

*Qui sait, peut-être que je n'ai pas d'âme*
*Juste une toute petite flamme, l'écho d'une étoile*
*Morte depuis des millions d'années*
*Qui sait, peut-être que je n'ai pas d'âme*
*Non, même pas de flamme*
*Juste une ombre, un vide, une petite pièce sombre*
*Le creux entre deux lames*

*Si j'avais juste la moitié d'une âme*
*Je pourrais voler bien plus haut*
*Je verrais tes yeux éteints*
*Je saurais faire ce qu'il faut*
*Si j'avais juste une poussière d'âme*
*Je n' pourrais jamais tout briser*
*Mais je ne sais pas t'aimer*
*Et je te fais pleurer*

*Qui sait, peut-être je n'ai pas de tête*
*Juste un tout petit trou par où*
*Je vois les étoiles de temps à autre*
*Qui sait, peut-être je n'ai pas de cœur*
*Juste un tout petit bruit qui me fait peur la nuit*
*Dans le silence entre les heures*
*Qui sait ? Qui sait ? Qui sait ?*

Chanson interprétée par Daniel Lavoie
et Thierry Séchan.
Musique de Daniel Lavoie.

## *Le joueur*

*Et l'homme est assis devant moi*
*Il tient ses cartes au bout des doigts*
*Les certitudes ont déserté sa vie*

*Tandis qu'il regarde son full*
*Il entend comme un bruit de foule*
*L'armée des morts l'appelle cette nuit*

*Du jeu mortel, il sait la loi*
*Le sort nous tire et l'on s'en va*
*Ce soir, son destin s'accomplit*

*Pourquoi faut-il que ce soit moi*
*Qui le tue d'un carré de rois*
*J'étais l'élève, il m'avait tout appris*

*Et le vent tourne au nord*
*Et le vent tourne au sud*
*Ce soir, le maître est mort*

*C'est ainsi que va la vie des hommes*
*Un beau matin, on perd la donne, adieu*

*Au loin résonne un carillon*
*De sa poche, il sort un crayon*
*Il veut prouver que tout n'est pas écrit*

*Mais sa pauvre main ne parvient*
*Qu'à tracer comme un signe indien*
*Deux « l » et puis deux « i » qui font « Lili »*

*Il revoit cette fille brune*
*Aux yeux de braise, dans la brume*
*Elle valait mieux que ce carré maudit*

*Elle avait la beauté des reines*
*Qui donne à l'homme force et peine*
*Il a perdu, le roi se meurt aussi*

*Et le vent tourne au nord*
*Et le vent tourne au sud*
*Ce soir, le maître est mort*

*C'est ainsi que va la vie des hommes*
*Un beau matin, on perd la donne, adieu*

*Et c'est mon maître que je tue*
*Celui qui savait les vertus*
*Du jeu de mort, de fureur et de nuit*

*Voilà que nos cartes s'abattent*
*Et que son cœur cesse de battre*
*Adieu, Lili, le jeu est bien fini*

*Et le vent tourne au nord*
*Et le vent tourne au sud*
*Ce soir, le maître est mort*

*C'est ainsi que va la vie des hommes*
*Un beau matin, on perd la donne, adieu*

*C'est ainsi que va la vie des hommes*
*Un beau matin, on perd la donne, adieu.*

Chanson interprétée par l'auteur.
Musique de Sacha Chaty et Dan Lacksman.

## *La nomade*

*Je cherche au fond d'l'univers*
*Des raisons d'te haïr*
*Mais le ciel garde nos mystères*
*Comme la mer ses navires*

*J'ai tout appris de toi*
*Le silence et les rires*
*Ce soir, il fait froid*
*Il est temps de partir*

*C'est pour toi, toi, toi, la nomade*
*Que je voyage*
*C'est pour toi, toi, toi, la nomade*
*Que je suis de passage*

*C'était un soir de novembre*
*De feux de feuilles mortes*
*Ma vie n'était que cendres*
*Tu as poussé ma porte*

*Je n'ai pas demandé*
*Ce que tu voulais de moi*
*Mais quand tu es entrée*
*J'ai su que c'était toi*

*C'est pour toi, toi, toi, la nomade*
*Que je voyage*
*C'est pour toi, toi, toi, la nomade*
*Que je suis de passage*

*Tu n'avais rien promis*
*On n'attache pas le vent*
*La nuit court à la nuit*
*Et la lune m'attend*

*Par les plaines sans nombre*
*Et les landes amères*
*Je vais parmi les ombres*
*Poursuivant ta lumière*

*C'est pour toi, toi, toi, la nomade*
*Que je voyage*
*C'est pour toi, toi, toi, la nomade*
*Que je suis de passage.*

Chanson interprétée par l'auteur.
Musique de Benoît Charest.

## *L'heure blanche*

*L'heure blanche*
*C'est l'heure de ta splendide absence*
*Quand les cigales se sont tues*
*Pour laisser passer ton silence*

*L'heure blanche*
*C'est l'heure des lointaines souffrances*
*L'heure des hautaines statues*
*Dormant au jardin de l'enfance*

*L'heure blanche, c'est quand tu n'es pas là*
*C'est quand tu m'as abandonné*
*Dans la montagne aux arbres las*

*L'heure blanche, c'est quand tu n'es pas là*
*C'est une heure qui n'a pas tourné*
*Au cadran des larmes lilas.*

*L'heure blanche*
*C'est l'heure où les douleurs nous lancent*
*L'heure des paradis perdus*
*Quand ton visage est en vacances*

*L'heure blanche*
*C'est l'heure des grandes espérances*
*L'heure de ta beauté revenue*
*Dedans mes bras d'amour immense*

*L'heure blanche, c'est quand tu n'es pas là*
*C'est quand tu m'as abandonné*
*Dans la montagne aux arbres las*

*L'heure blanche, c'est quand tu n'es pas là*
*C'est une heure qui n'a pas tourné*
*Au cadran des larmes lilas.*

Musique de Daniel Lavoie.

## *Federico, Federica*

*Federico, Federica*
*Federico Garcia Lorca*
*Federico, Federica*
*Federica, je prie pour toi*

*À l'heure où les chevaux vont boire*
*Je pense à toi, Garcia Lorca*
*Qui disait : « La Beauté est là*
*Quand passe Federica »*

*Federico, Federica*
*Federico Garcia Lorca*
*Federico, Federica*
*Federica, j'écris pour toi*

*Nunca te diré mi amor*
*Con las palabras de Lorca*
*Je ne peux que tenir ton corps*
*Dans l'éventail de mes bras*

*Federico, Federica*
*Federico Garcia Lorca*
*Federico, Federica*
*Federica, je vis pour toi*

*Quand tu marches, Federica*
*Quand tu respires, Federica*
*L'Espagne tremble, Federica*
*Mais pas autant que moi*

*Federico, Federica*
*Federico Garcia Lorca*
*Federico, Federica*
*Federica, je meurs de toi*

*A las cinco de la tarde*
*J'ai assis la Beauté sur mes genoux*
*Et c'était toi*

*Federico, Federica*
*Federica, je meurs de toi.*

Chanson interprétée par l'auteur.
Musique de Jean-Édouard Barbe.

## *Vole ta vie*

*C'est pour tes yeux noirs de mélancolie*
*Que j'écris cette histoire que j'ai sauvée du vent*
*Je me souviens d'une fille nommée Sally*
*Qui voulait traverser à cheval l'océan*
*Elle savait lire, mais juste au creux des mains*
*L'aventure sans lendemain*

*Dans l'herbe bleue qui lui servait de lit*
*Sally chantait des comptines d'antan*
*Le soir venu, arrivait son ami*
*Le gipsy qui volait des couverts en argent*
*Il lui offrait de la menthe et du thym*
*Elle jouait du tambourin*
*Il écrivait sur les pierres du chemin*
*Les mots qui chassent le chagrin*

*Vole ta vie sur l'océan*
*Laisse-toi soulever par le vent*
*Vole ta vie, le ciel t'attend*
*Les nuages aiment les cerfs-volants*

*Un jour d'hiver et de neige et de pluie*
*On pendit le gipsy pour ses crimes d'enfant*
*Sally pleura de quoi remplir un puits*
*Puis elle pria tous les dieux des étangs*
*Emmenez-moi là où le ciel s'éteint*
*Là où l'amour est certain*
*Sur son cheval, au son du tambourin*
*Elle survola son chagrin*

*Vole ta vie sur l'océan*
*Laisse-toi soulever par le vent*
*Vole ta vie, le ciel t'attend*
*Les nuages aiment les cerfs-volants*

*Vole ta vie sur l'océan*
*Laisse-toi soulever par le vent*
*Vole ta vie, le ciel t'attend*
*Les nuages aiment les cerfs-volants*

*C'est pour tes yeux noirs de mélancolie*
*Que j'écris cette histoire que j'ai sauvée du vent.*

Chanson interprétée par l'auteur et par Romane Serda.
Musique de Sara Mandiano.

## *Sergueï est au piano*

*Sergueï est au piano dans ce bar tamisé*
*Empli de grands défunts aux ombres irisées*
*Et tandis que ses mains venues de Moldavie*
*Nous racontent Chopin et le pauvre Satie*
*Je caresse tes yeux de mes yeux éblouis*

*Sergueï est au piano et le Steinway ravi*
*Résonne d'Hemingway sous le ciel de Paris*
*Et tandis que ses mains courent sur le clavier*
*Ce sont des flots d'amour que je verse à tes pieds*

*Joue, Sergueï, joue*
*Ma joue contre sa joue*
*Le temps s'est arrêté*
*Joue, Sergueï, joue*
*Et si nos doigts se nouent*
*Laisse les tiens danser*
*Et si nos doigts se nouent*
*Laisse les tiens danser*

*Sergueï est au piano dans ce bar enivré*
*Où Verlaine passa lorsque son cœur pleurait*
*Et tandis que ses mains, par les blanches blanchies*
*Dessinent un lendemain dans le noir de la nuit*
*Je tremble en embrassant tes lèvres inouïes*

*Sergueï est au piano et les anges sourient*
*Aux mariés nouveaux de Chagall endormi*
*Et tandis que ses mains pleurent comme un champ*
*[de blé*
*Je contemple ton cœur qui m'a fait prisonnier*

*Joue, Sergueï, joue*
*Ma joue contre sa joue*
*Le temps s'est arrêté*

*Joue, Sergueï, joue*
*Et si nos doigts se nouent*
*Laisse les tiens danser*
*Et si nos doigts se nouent*
*Laisse les tiens danser.*

Chanson interprétée par Luce Dufault.
Musique de Daniel Lavoie.

## *C'est toujours toi que je préfère*

*Un jour, tu verras mes mots s'écrire dans les étoiles*
*Et tu liras : C'est toujours toi que je préfère*
*Un jour, tu reviendras au son des lyres et des cigales*
*Et tu diras : Tu es le lit de ma rivière*

*Un jour, nos jours seront couleur de l'Italie*
*Et le Tibre et l'Arno noieront notre mélancolie*
*Un jour, nous jetterons dans les eaux noires de la folie*
*Nos habits d'amants désunis*

*Un jour, nous dormirons dans des draps d'or et de [lumière*
*Et nos deux cœurs, vers le grand ciel, s'envoleront*
*Un jour, on écrira nos vies croisées dans la poussière*
*Et les enfants, dans cent mille ans, en souriront*

*Un jour, nous régnerons sur une terre sans rois*
*Où chaque ruisseau ira où bon lui semblera*
*Un jour, tout notre amour n'aura plus que le nom [d'amour*
*Et le vent reprendra ses tours*

*Un jour, nos pleurs feront fleurir tous les déserts*
*Et l'on chantera notre légende au fond des mers*
*Un jour, tous nos serments seront gravés sur une pierre*
*Comme un chapelet de prières*

*Un jour, tu verras mes mots s'écrire dans les étoiles*
*Et tu liras : C'est toujours toi que je préfère*
*Un jour, tu reviendras au son des lyres et des cigales*
*Et tu diras : Tu es le lit de ma rivière.*

Chanson interprétée par l'auteur.
Musique de Luc Fortin.

## *Tu vois*

*Tu vois, j'ai vu tout ce qu'un ange a pu voir*
*Des torrents de détresse et des ruisseaux d'espoir*
*Tu vois, j'ai vu des beautés inutiles*
*J'ai connu l'Éverest j'ai descendu le Nil*

*Mais tu vois, c'est toi*
*C'est toi que je vois le mieux*
*Tu vois, c'est toi*
*C'est toi que j'ai dans les yeux*

*Tu vois, c'est toi*
*C'est toi que je vois le mieux*
*C'est toi que j'ai dans les yeux*
*Tu vois*

*J'ai vu des choses très étranges*
*Des glaciers disparus et la terre bleue orange*
*Tu vois, j'ai vu jusqu'au lointain des îles*
*Et j'ai touché des doigts des lèvres malhabiles*

*Mais tu vois, c'est toi*
*C'est toi que je vois le mieux*
*Tu vois, c'est toi*
*C'est toi que j'ai dans les yeux*

*Tu vois, c'est toi*
*C'est toi que je vois le mieux*
*C'est toi que j'ai dans les yeux*

*Tu vois, j'ai vu des êtres incroyables*
*Des serpents de lune et des aigles de sable*
*Tu vois, j'ai vu les grands rois de Sicile*
*Et des couleurs cachées sous les brumes des villes*

*Mais tu vois, c'est toi*
*C'est toi que je vois le mieux*
*Tu vois, c'est toi*
*C'est toi que j'ai dans les yeux*

*Tu vois, c'est toi*
*C'est toi que je vois le mieux*
*C'est toi que j'ai dans les yeux*
*Tu vois*

*Mais tu vois, c'est toi*
*C'est toi que je vois le mieux*
*Tu vois, c'est toi*
*C'est toi que j'ai dans les yeux*
*Tu vois, c'est toi*

*C'est toi que je vois le mieux*
*C'est toi que j'ai dans les yeux*
*Tu vois*

*Dans les yeux*
*Dans les yeux.*

Chanson interprétée par Romane Serda.
Musique de François Bernheim.

## *Royaume du Danemark*

*C'était une fille bleue comme l'ensemble du ciel*
*Elle aimait les chats et Léonard Cohen*
*Nous avons parlé longtemps de l'amour et de la*
*[guerre*
*Et de toutes ces choses qu'elle savait bien faire*

*La mort s'est frottée à nos ailes*
*Et nos vies se sont emmêlées*

*Elle était plus belle qu'Helena Christensen*
*Et que la p'tite sirène d'Andersen*
*À part qu'elle, il ne faut pas qu'elle meure*
*Comme la fiancée du prince d'Elseneur*

*Elle me racontait ses nuits dans la sierra*
*Moi je lui dessinais tous les rochers d'Hydra*
*On se retrouvait le soir dans la colline*
*Pour parler du chat de Céline*

*La mort s'est frottée à nos ailes*
*Et nos vies se sont emmêlées*

*Elle était plus belle qu'Helena Christensen*
*Et que la p'tite sirène d'Andersen*
*À part qu'elle, il ne faut pas qu'elle meure*
*Comme la fiancée du prince d'Elseneur*

*Elle voulait qu' les gens soient tous des héros*
*Et intelligents, et même qu'ils soient beaux*
*Elle disait qu'un jour elle ne reviendrait pas*
*Et des larmes coulaient de ses longs yeux lilas*

*La mort s'est frottée à nos ailes*
*Et nos vies se sont emmêlées*

*Elle était plus belle qu'Helena Christensen*
*Et que la p'tite sirène d'Andersen*
*À part qu'elle, il ne faut pas qu'elle meure*
*Comme la fiancée du prince d'Elseneur*

*À part qu'elle, il ne faut pas qu'elle meure*
*Comme la fiancée du prince d'Elseneur.*

Chanson interprétée par l'auteur.
Musique de Jean Édouard Barbe.

## Table des matières

. . . SAGIM . CANALE . . .

Achevé d'imprimer en octobre 2005
sur rotative Variquik
à Courtry (77181)

*Imprimé en France*

Dépôt légal : octobre 2005
N° d'impression : 8924

L'imprimerie Sagim-Canale est titulaire de la marque
Imprim'vert© 2005